LE NOUVEAU
MONOPOLE
MUNICIPAL

DES

POMPES FUNÈBRES

SON PRINCIPE, SON ÉTENDUE ET SES LIMITES

Etude critique et Commentaire de la Loi
du 28 Décembre 1904
D'après les débats parlementaires
et l'ancienne jurisprudence

PAR

PAUL GILLES

Docteur en Droit, Avocat
Chef de Contentieux Général
A l'Union Nationale du Commerce et de l'Industrie

PARIS

HOTEL
DES CHAMBRES SYNDICALES
10, rue de Lancry

Arthur ROUSSEAU
ÉDITEUR
14, rue Soufflot

PAUL GILLES

LE NOUVEAU
MONOPOLE MUNICIPAL
DES POMPES FUNÈBRES

PARIS

HOTEL	Arthur ROUSSEAU
DES CHAMBRES SYNDICALES	ÉDITEUR
10, rue de Lancry	14, rue Soufflot

INTRODUCTION

QUELQUES MOTS SUR LES MONOPOLES

Un « monopole » dit Littré, est un trafic exclusif fait en vertu d'un privilège.

Un *privilège* : ceux qui en jouissent sont donc des *Privilégiés.* — Nous voyons déjà par là combien l'idée de monopole se trouve contraire aux principes républicains.

Mais avant, bien avant Littré, un auteur quelque peu centenaire, le vieil Aristote, dont certain sénateur érudit nous entretenait jadis à la Tribune du Sénat à propos d'une question d'enseignement, Aristote lui-même avait connu le monopole! : *Nil novi sub sole!*
« Les expédients de ce genre, dit-il quelque part,
« sont utiles à connaître, même pour les chefs des
« États. Bien des gouvernements ont besoin, comme
« les familles, d'employer ces moyens-là pour s'enrichir
« et l'on pourrait dire que *c'est de cette seule partie du*
« *gouvernement que bien des gouvernements croient*
« *devoir s'occuper.* »

Tant il est vrai que la question fiscale a toujours été la principale préoccupation des gouvernements comme des individus. Les autres devoirs sociaux passant inaperçus, un seul importait : Remplir les caisses de fisc... aux dépens des contribuables !

M. Paul Leroy-Beaulieu constate aussi que « la plu-« part des monopoles ont eu pour origine et ont encore « pour justification soit réelle soit spécieuse *une idée* « *fiscale* ». Puis entrant dans les détails, il nous parle éloquemment de la beauté du monopole Postal, des monopoles Télégraphique, Téléphonique, etc., etc., qui tous rivalisent de zèle pour rendre au public le moins possible de services, tout en exigeant de lui humble soumission et grasses prébendes.

Dans le dictionnaire d'Economie Politique de M. Léon Say, M. Fernand Faure nous donne son opinion sur cette question. Je me contenterai de le citer textuellement, ne pouvant exprimer en meilleurs termes les idées aujourd'hui admises par les économistes les plus éminents, sur les monopoles en général :

« Il y a 100 ans (1792) que la liberté du travail est devenue le droit commun dans notre pays, dans la plupart des pays de civilisation avancée. La liberté du travail est la faculté pour chacun de se livrer comme bon lui semble à la profession de son choix, de vendre et d'acheter à sa guise à la seule condition de respecter

la même faculté chez les autres. *Tout monopole cons-*
titue donc la plus grave dérogation qui puisse être
apportée à ce droit commun. »

« Si la réglementation empêche le monopole de haus-
ser arbitrairement ses prix et d'abaisser à son gré la
qualité de ses produits et de ses services, *elle ne sau-*
rait l'obliger à réaliser dans son industrie des amélio-
rations dont bénéficierait le consommateur. Seule, la
libre concurrence peut, au plus haut point, provoquer
les améliorations. Son absence est l'effet nécessaire des
monopoles, *si sagement réglementés qu'ils puissent*
être ! » — C'est la réponse à notre législateur de 1904
disant : « On *réglementera* le monopole des communes. »

« Le monopole, en lui-même, continue M. Fernand
Faure, et sauf de très rares exceptions, est une forme
inférieure de l'action de l'Etat comme de celle des individus. Que l'on se préoccupe de supprimer les abus de
la concurrence, rien de mieux. Mais que l'on se garde
bien de supprimer la concurrence elle-même. *Ce se-*
rait renoncer à l'un des plus grands stimulants du pro-
grès humain. »

Et, à l'appui de sa thèse, M. Fernand Faure cite ce
passage de Stuart Mill : « Si je suis d'accord, si je
sympathise avec les socialistes pour toute la portion
pratique de leurs aspirations, je suis complètement

opposé à la portion la plus remarquable et la plus
violente de leur enseignement, à leurs déclamations
contre la concurrence... Une de leurs plus grandes
erreurs, à mon avis, est celle qui leur fait attribuer à
la concurrence tous les maux de la société actuelle. Ils
oublient que partout où il n'y a pas de concurrence,
il y a monopole, et que le monopole, quelle que soit sa
forme, est une taxe levée sur ceux qui travaillent,
au profit de la fainéantise, sinon de la rapacité. »

Aujourd'hui, par le fait du progrès des doctrines
socialistes en France, nous commençons à voir appa-
raître chez nous un diminutif du monopole d'Etat, à
savoir le « monopole municipal » : ce que les Anglais
appellent *municipal trading* ou commerce municipal.

Cette nouvelle incarnation du monopole est née de
cette opinion que l'intermédiaire, le commerçant, qui
vous rend des services vous dépouille de quelque chose
en vous faisant payer le prix de ces services ! La Municipalité au contraire, prétend-on, est tout à fait désin-
téressée : pas d'esprit de lucre chez elle : elle gère les
intérêts du public dans l'intérêt de tous, avec le seul
souci du bien public.

Cette théorie peut paraître vraisemblable, séduisante
même au premier abord; mais malheureusement pour
ses partisans, elle a subi l'épreuve de l'expérience dans
de nombreux pays et en maintes circonstances, et ces

expériences lui ont été tout à fait défavorables. Il est même curieux d'observer que ce sont les pays de monarchie, d'absolutisme politique ou d'ignorance relative, qui voient encore aujourd'hui le mieux fleurir les monopoles municipaux.

La Russie, où l' « Administration » règne sous toutes ses formes, se trouve absolument livrée au « municipalisme » le plus complet : le *zemstvo* est *tout* dans la commune, le citoyen *rien*. Toute initiative privée est supprimée.

La législation prussienne prévoit formellement le socialisme municipal

Et, en Italie, tout récemment, une loi Gioliti votée en 1903, autorise les municipalités à confisquer à leur profit tous les objets de commerce : boulangeries, moulins, pharmacies, etc...

Au contraire, les pays de liberté, notamment l'Angleterre, les Etats-Unis, la Belgique, la Suisse. après avoir essayé des monopoles municipaux, en ont reconnu les déplorables résultats, et réagissent énergiquement aujourd'hui contre cette tendance funeste.

Dernièrement, aux Etats-Unis, dans la construction des métropolitains souterrains de Boston et de New-York, ces deux villes se sont contentées d'appuyer les compagnies de leur crédit au point de vue des emprunts, mais elles se sont bien gardées d'exploiter ces lignes à leur compte. — La Cour suprême de l'Etat du Massachusetts a récemment encore repoussé les prétentions de certaines villes qui voulaient accaparer le commerce du bois et du charbon. — La ville de Philadelphie vient de renoncer à la régie de l'éclairage qui fonctionnait à son profit depuis dix ans lui coûtant chaque année 100.000 dollars et l'a concédée à une société privée, qui, elle, réalisera des bénéfices.

La ville de Bruxelles, qui exploite également la régie du gaz est obligée de reconnaître qu'il en résulte pour elle une charge, et nullement un bénéfice quelconque.

En Angleterre, dès l'année 1900, et à la suite de toute une série d'articles parus dans le *Times*, une commission parlementaire fut désignée pour faire une enquête sur les monopoles municipaux. Au mois de septembre de la même année, sir Fowler publia sur cette question dans le Journal de la Société de Statistique de Londres, une étude très documentée qui montrait les déplorables résultats de ces concurrences à l'industrie privée faites aux frais de tous les contribuables d'une ville. Et tout récemment encore en novembre dernier une crise éclatait à Newcastle à propos des tramways « municipaux » et le « Municipal Journal » était obligé de reconnaître que la Municipalité n'exploitait pas « *commercialement* », qu'elle exploitait fort mal, au grand préjudice de tous.

A Genève, on trouve toute une série de services industriels municipaux qui présentent de tels défauts que l'on a agité dernièrement la question de savoir si l'on ne remettrait pas ces services à une Compagnie fermière intéressée aux économies.

Pour nous résumer, nous conclurons donc, avec M. Daniel Bellet, à qui nous avons emprunté ces divers renseignements[1]. que « toutes les exploitations muni-
« cipales sont coûteuses et ont un mauvais rendement
« commercial, même lorsque la faculté qu'elles ont
« d'imposer des tarifs de monopole leur assure des
« recettes élevées : les faits le prouvent à qui veut les
« examiner sans parti pris. Le fonctionnaire n'a pas le
« sens commercial, et n'est aucunement poussé par
« son intérêt personnel à éviter les abus dont lui ou ses
« pareils profitent. »

D'ailleurs, en dehors de la question purement financière, il faut encore, en France, compter avec la politique qui est, aujourd'hui plus que jamais à la base de toute la vie municipale. Le directeur d'une entreprise industrielle municipale ne sera pas libre de ses mouvements : gêné par les règlements, la paperasserie, la bureaucratie, les réclamations continuelles des uns et des autres, les recommandations politiques, il ne lui sera pas possible de prendre des décisions libres et

(1) Moniteur des Intérêts Matériels.

rapides pour l'amélioration de son service, et fatalement il aboutira, un jour plus ou moins prochain, à mécontenter tout le monde.

Toutefois, malgré ces considérations d'ordre général, malgré les hautes autorités de tous les temps et de tous les pays que nous venons de citer, malgré les éloquents discours prononcés aux tribunes du Sénat et de la Chambre en 1903 et 1904, notamment par MM. Alfred Girard, Fleury-Ravarin, Groussau, Lerolle, Lemire, Suchetet, etc. réclamant à grands cris : La Liberté ! — de par la loi du 28 décembre 1904, nous voilà soumis à un nouveau « monopole municipal », monopole auquel cette fois nous n'échapperons pas, quel que soit notre désir de nous y soustraire : car c'est le monopole... des morts ! et nous y passerons tous... et toujours !...

Etait-il donc bien indispensable de nous imposer en cette matière un monopole *municipal*, quelque restreint qu'il soit, alors surtout que les promoteurs de la loi proclamaient bien haut les abus qu'avait engendrés depuis cent ans le monopole que l'on supprimait ?

L'étude qui va suivre nous fournira une première réponse; mais l'expérience seule et le temps pourront compléter la démonstration!

———————

CHAPITRE Ier

CONSIDÉRATIONS GÉNÉRALES SUR L'ANCIEN « MONOPOLE » DES POMPES FUNÈBRES

Multiples sont les motifs qui présidèrent en l'an XII à l'institution du Monopole des pompes funèbres en faveur des fabriques et consistoires, et l'on aurait tort de vouloir les puiser dans un seul ordre d'idées, comme il a été fait dans la discussion de la loi nouvelle à la Chambre et au Sénat; chaque parti politique cherchant là un argument à l'appui de la thèse qu'il soutenait.

Pendant la période sanglante de la Révolution, alors que la vie de l'homme comptait pour si peu de chose, que la guillotine fonctionnait en permanence, que les puissants d'un jour n'échappaient pas le lendemain à son couperet, le respect du corps humain était tombé si bas, que les désordres les plus scandaleux accompagnaient sans cesse les obsèques de la plupart des citoyens (1).

Un remède radical s'imposait évidemment à ce lamentable état de choses, lorsque l'ordre commença à prévaloir sur le désordre.

_____

(1) *Journal Officiel*, Sénat. 11 Juillet 1904. p. 827.

D'autre part, la loi du 24 nov. 1789, avait enlevé au clergé les biens dont il disposait, par une sorte d'expropriation pour cause d'utilité publique, décidant que : « Tous les biens ecclésiastiques étaient à la disposition de la nation à la charge de pourvoir d'une manière convenable aux frais du culte, à l'entretien de ses membres et au soulagement des pauvres » — Et le décret-loi du 19 août 1792, en ordonnant la vente des biens des fabriques, avait obligé le trésor à payer à ces fabriques un intérêt de 4 0/0 du prix de vente, pour les indemniser, et leur permettre de pourvoir aux frais du culte.

Pendant la Terreur, alors que les lois n'avaient d'autre base et d'autre frein que le bon plaisir et l'arbitraire de ceux qui détenaient la force publique, cette législation sommeilla.

Mais lorsque le Premier Consul eut rétabli les relations de l'Etat avec l'Eglise catholique par le Concordat, il chercha à s'attirer mieux encore la sympathie des catholiques en assurant la restauration de leur religion. Toutefois les fonds manquaient, les finances françaises étaient en fort mauvais état. Et, dans ces conditions, il était impossible de prélever sur des revenus publics tout à fait insuffisants les ressources nécessaires à l'entretien de ce culte que le futur empereur voulait rétablir dans tout son éclat.

Ce fut ce puissant motif, joint à la triste situation dans laquelle se trouvaient alors les cimetières, ainsi qu'aux désordres et aux scandales qui présidaient aux funérailles, qui décida le gouvernement à créer ce monopole des pompes funèbres, tel que l'institua le décret organique·du 23 prairial an XII sur les cimetières et les pompes funèbres, titre V.

La naissance de ce décret rencontra une vive résistance. Chaptal était ministre de l'Intérieur et les membres de la section de l'Intérieur chargés d'établir le décret en question, se trouvaient avoir presque tous, comme le ministre lui-même et à l'exception du seul Portalis, fort peu de sympathie pour les églises et les fabriques. — Chaptal voulait le monopole en faveur des pauvres des hôpitaux, et d'autres combinaisons furent encore proposées. Il fallut toute la volonté du Premier Consul pour faire prévaloir ses idées, et ses adversaires n'eurent d'autre satisfaction que de faire insérer dans la loi une réglementation rigoureuse des revenus ainsi concédés (art. 23). Réglementation qui fut ensuite annulée par le décret du 30 décembre 1809.

Ces revenus d'ailleurs, et l'application même de la loi n'étaient pas laissés à l'arbitraire des fabriques et des consistoires. — Les art. 20 et 25 prévoyaient l'élaboration d'un tarif concerté entre les églises, le gouvernement et les communes, et dans sa circulaire du 8 messidor an XII envoyée aux préfets sur le décret du

23 prairial, le ministre de l'Intérieur rappelle qu'« aux
« termes de l'art. 20, le gouvernement se réserve
« de fixer sur la proposition du Conseiller d'Etat, chargé
« des affaires concernant les cultes, et d'après l'avis
« des évêques, des consistoires et des préfets, les frais
« et rétributions à payer aux ministres des cultes et
« autres individus attachés aux églises et temples, tant
« pour leur assistance aux convois que pour les ser-
« vices requis par les familles. »

De là, le décret organique du 18 mai 1806 intitulé :
« Relatif au tarif des chaises et au service des morts »,
qui confirme et précise les dispositions du décret du
23 prairial an XII. Ce décret développe et explique certains détails pratiques qui avaient échappé au législateur de l'an XII, tout en s'appuyant sur le même principe : concession du monopole complet « *de toutes les
fournitures quelconques* nécessaires pour les enterrements, ou la pompe des funérailles ».

Ce décret contient en outre une division très précise
qui mérite d'être relevée, car elle a été reproduite dans
la législation nouvelle, objet de notre étude, à savoir : la
division de la cérémonie funèbre *en service intérieur*
et *service extérieur*.

La lettre circulaire du ministre de l'Intérieur aux préfets en date du 17 juin 1806 définit cette distinction:

« Je vous transmets une ampliation du décret du

18 mai dernier contenant des règles générales: —
Titre 1er, pour les églises; — titre 2, pour le service des
morts dans les églises; — titre 3, pour le service du
transport des corps. — Vous y remarquerez que suivant l'art. 7, tout ce qui concerne le service des morts
dans l'intérieur de l'église est du ressort du *ministre
des Cultes*... Mais conformément à l'art. 11, tout ce qui
concerne le transport des corps reste dans les attributions de mon *ministère (Intérieur)*. »

Cette distinction nous paraît aujourd'hui particulièrement intéressante car la loi nouvelle du 28 décembre
1904 consacre également cette double attribution de
compétence administrative. Nous aurons l'occasion d'y
revenir.

Pendant un siècle entier, la France entière vécut, ou
plutôt mourut sous cette législation. « Elle a bien sou-
« vent donné lieu à des conflits regrettables, à des
« incidents odieux », disent les promoteurs de la loi
nouvelle. Que quelques abus soient nés de l'exercice
d'un monopole attribué à des hommes, cette constata-
tion est trop naturellement évidente pour qu'il soit
besoin de la discuter. Un monopole, abus-né, abus dans
son essence même, droit contraire au droit naturel de
l'homme, c'est-à-dire à la liberté, engendrant lui-même
des abus! quoi de plus naturel : on ne saurait faire à
un enfant un grief d'avoir les traits de son père. Mais

ce que les générations futures nous diront : c'est si le législateur de 1904 a eu raison, au lieu de supprimer purement et simplement cet abus principal qui était le *monopole,* de changer seulement le nom du bénéficiaire, et d'en attribuer l'exercice plus ou moins complet à des collectivités changeantes, imbues de l'esprit de coterie, autorités éphémères,. issues du suffrage universel, et aussi capricieuses que leur auteur même.

Nous n'entrerons pas dans l'étude des premiers pas de la législation de l'an XII, premiers pas souvent incertains et chancelants, qui n'ont en somme qu'un intérêt purement historique dans l'étude qui nous occupe. Ce qui nous intéressera particulièrement : c'est le dernier état de la jurisprudence, état confirmé par de nombreuses décisions judiciaires; car c'est à l'aide de cette jurisprudence solidement établie que nous pourrons expliquer dans toutes ses conséquences la vie de la loi nouvelle, par suite de son étroite parenté avec l'ancienne législation.

CHAPITRE II.

ESPRIT GENERAL DE LA LOI NOUVELLE

Et tout d'abord, avant d'étudier en détail le laborieux travail de l'enfantement de ce nouveau-né, n'est-il pas indispensable de jeter un coup d'œil sur les principes qui ont présidé à sa conception? Est-ce le désir de favoriser soit les communes, soit les particuliers ? A-t-on réellement cherché par là à augmenter les ressources du budget communal, comme certains cherchent à l'insinuer aujourd'hui, ou bien, dans un sentiment plus élevé, a-t-on simplement voulu donner un nouveau gage aux principes de la vraie liberté?

Les rapports qui furent déposés sur le bureau de la Chambre les 28 mai 1900 et 28 novembre 1902 et sur le bureau du Sénat le 31 mai 1904, nous fournissent sur cette question primordiale une première réponse.

La loi nouvelle n'est qu'un membre épars du corps de législation dont le Parlement poursuit depuis quelques années la réalisation. C'est là une des phases de la lutte entreprise par le pouvoir civil contre les églises, et particulièrement l'église catholique, par la libre pensée contre l'idée religieuse: c'est une *loi de laïcisation.* — C'est donc dans les principes directeurs de l'œuvre de laïcisation que nous pourrons trouver le meilleur fil conducteur capable de nous guider dans l'interprétation du texte.

Cette pensée fondamentale du législateur résulte en effet des titres mêmes des propositions de loi, tels que les mentionne le *Journal officiel* : Année 1900. Documents parlementaires (Chambre p. 1122) et Année 1902. Documents parlementaires (Chambre p. 422.)

« Rapport fait au nom de la Commission chargée « d'examiner la proposition de loi, adoptée par le Sénat, « tendant à *l'abrogation des lois conférant aux fabri-* « *ques des églises et aux consistoires le Monopole des* « *inhumations.* »

Un point : et c'est tout.

Et comme ce sont les mêmes termes qui forment le titre de la loi nouvelle définitivement adopté par le Parlement et promulgué le 29 décembre 1904, au *Journal officiel*, aucun doute ne peut subsister sur l'intention première du législateur.

La lecture des travaux des rapporteurs de la loi confirme cette idée de la façon la plus éclatante. Dès les premières lignes du rapport de 1900 à la Chambre aucun doute n'est permis. — « La législation actuellement

« en vigueur viole la liberté de conscience » dit le
rapporteur et, plus loin: « A mesure que l'autorité
« civile reprend le terrain qui lui appartient, elle pro-
« voque une sensation de douleur et de colère chez
« ceux qui détenaient indûment le terrain. Il en a été
« ainsi dans tous les pays et dans tous les temps. En
« France, il y a des siècles que le pouvoir civil viole
« peu à peu les droits de l'église! — et il en reste encore
« à violer. »

Et le rapporteur de la loi au Sénat, l'honorable
M. Milliès-Lacroix disait également dans son rapport
du 31 mai 1904 :

« Il faut se hâter de remettre aux municipalités le
« service extérieur des pompes funèbres, non point,
« comme feignent de le croire les adversaires de la
« réforme, afin d'écarter la religion des funérailles,
« mais bien pour conférer à ceux qui en ont la respon-
« sabilité, la gestion administrative d'un service qui a
« le caractère communal, et parce *qu'il est indispen-*
« *sable d'entourer ce service d'une atmosphère de*
« *neutralité propre à assurer à chacun, aux approches*
« *de la mort, l'indépendance de ses convictions philo-*
« *sophiques ou religieuses.* »

Et quelques jours plus tard, lors des débats au Sénat,
le même M. Milliès-Lacroix déclarait, le 21 juin 1904 :

« La proposition de loi que nous discutons procède
« de la même idée et du même principe. » (que la loi du
15 novembre 1887 qui a établi la liberté des funérailles). « Elle en est le complément nécessaire. Il
« s'agit en effet aujourd'hui de permettre aux familles,
« qui sont placées dans des milieux où se pratiquent
« des religions auxquelles elles n'appartiennent pas, de
« faire procéder à l'enterrement de leurs chers défunts
« avec décence, sans être obligées d'acquérir ou d'em-
« prunter le matériel nécessaire aux établissements
« chargés de l'exercice de cultes auxquels elles sont
« étrangères. »

Et le même rapporteur au Sénat, dans la même
séance de la Haute Assemblée, donnait son assentiment
à son ami M. Alfred Girard, lorsque celui-ci proclamait
que « *le but principal de la loi nouvelle est d'enlever*
« *aux fabriques et aux consistoires* le monopole dont ils
« jouissent. »

Puis, répondant à une interpellation de M. Charles
Riou, il continuait : « Ce que nous voulons, c'est assu-
« rer la neutralité des funérailles. »

Et plus loin: « *Votre Commission n'a eu qu'une seule*
« *pensée*: s'inspirer des sentiments de neutralité et de
« liberté qui vous ont inspirés vous-mêmes en 1886,
« lorsque vous avez adopté le dernier article de la pro-
« position de loi, qui vous ont inspirés lorsque vous

« avez voté la loi de 1881 sur la neutralisation des cime-
« tières et la loi de 1887 sur la liberté des funérailles. »

Rien de plus clair, de plus précis que ces nombreuses
et solennelles déclarations.

Mais si l'idée maîtresse du législateur était d'enlever
aux églises le privilège dont elles jouissaient, était-ce
là toute l'économie de la loi nouvelle. A lire son titre
on pouvait l'affirmer.

Toutefois il fallait bien dire à qui incomberait à
l'avenir le soin de ce service des funérailles malheureusement indispensable à la pauvre humanité. Appartien-
drait-il à tout le monde? La liberté dont le nom vibre aujourd'hui dans toutes les bouches, sinon dans tous les
cœurs, recevrait-elle enfin cet hommage suprême?

Les hésitations furent grandes depuis 1883, les discussions vives et laborieuses: mais, finalement, le vieil
esprit administratif l'emporta, et il fut décidé que les
communes hériteraient à titre de service public de certains de ces droits privilégiés primitivement exercés par
les églises.

Mais le mobile de cette décision, révélé dans les rapports de la Commission de 1900 et de 1903 et résultant
de la critique du projet du Sénat de 1886 n'était nullement une pensée de faveur ou de générosité à l'égard

des communes: le législateur craignait seulement à la faveur de la liberté, de voir le phénix renaître de ses cendres, et les fabriques et consistoires investis de nouveau *en fait* de ces privilèges dont ils se seraient trouvés privés seulement *en droit*.

Et c'est ainsi, toujours dans cette unique pensée de laïcisation anticléricale des funérailles et sans la moindre intention de bienfaisance quelconque pour les budgets communaux, que fut élaborée la loi du 28 déc. 1904.

Rien, dans sa conception n'implique une préoccupation quelconque des intérêts pécuniaires des communes: nous le disions tout à l'heure.

Et en effet la discussion à la Chambre des députés, dans la séance du 29 décembre 1903 (*J. off.* 1903, p. 3440) corrobore notre affirmation.

« Croyez-vous, disait M. Lerolle, qu'en donnant par
« exemple à la Ville de Paris le monopole des inhu-
« mations réduit au service extérieur, vous ne lui faites
« pas un cadeau dangereux: est-il certain qu'elle en
« retire un bénéfice quelconque? et ne risque-t-elle pas
« d'y trouver une charge onéreuse?

M. le Rapporteur. — « Pour la Ville de Paris, c'est
certain. »

Peu importent donc les conséquences pécuniaires qu'aura pour les communes l'application de la loi, le législateur n'a pas voulu s'en préoccuper: sa pensée, son objet étaient ailleurs. Il nous l'a dit à chaque pas de la discussion. Je ne reviendrai pas sur les citations déjà faites. Je terminerai ce point capital par une analyse de la dernière discussion échangée sur cette question à la Chambre des députés le 23 décembre 1904, qui complétera ma démonstration.

A la date du 18 novembre 1904, le Conseil municipal de Paris avait adopté un vœu: « Considérant que la « loi sur la suppression du monopole des fabriques « votée au Sénat aurait pour la Ville de Paris des con- « séquences financières d'une réelle gravité... » Et le Conseil poursuivait en demandant la modification de la loi.

A la Chambre des députés, le Rapporteur lui-même déclara que l'objection de la ville de Paris était *sans intérêt pour le législateur*, et il la repoussa dans les termes suivants:

« *M. Groussau.* — Par conséquent. ou vous mettrez « en déficit la Ville de Paris, ou votre loi retournera au « Sénat.

« *M. le Rapporteur.* — Elle n'y retournera pas si la « Chambre adopte intégralement le texte du Sénat.

« *M. Groussau.* — Mais alors vous n'aurez dépouillé
« les fabriques et consistoires que pour faire à la Ville
« de Paris un cadeau qui la met en déficit.

« *M. le Rapporteur.* — *Laissez donc le soin de la dé-*
« *fendre aux députés de Paris.* »

Ce serait donc une grave erreur de voir dans cette
attribution aux communes des droits des fabriques
non seulement quelqu'idée de générosité en leur faveur,
quelqu'intention d'augmenter ainsi les ressources communales, mais même une simple *préoccupation des ré-*
sultats financiers que son application pourrait entraîner
pour les communes.

Dans la laïcisation des pompes funèbres, comme dans
la laïcisation des hôpitaux et la laïcisation des écoles,
le législateur n'a eu nullement en vue une question
d'argent pour les communes et les administrés: Il a
puisé sa volonté et l'esprit des lois dont il poursuivait
la réalisation dans des conceptions plus élevées, principes de liberté ou autres, qui peuvent être l'objet de
discussions et de controverses, mais qui ne revêtent
point ce caractère de mercantilisme que certaines municipalités cherchent aujourd'hui à attribuer à leur profit
à l'esprit créateur de la loi nouvelle sur les inhumations.

On voulait abroger: Sénat et Chambre étaient d'accord. Mais, après l'abrogation, il fallait instituer un nouveau régime. Comment faire?

Le législateur reprit alors à son compte l'ancienne division de la cérémonie funèbre en service intérieur et service extérieur, telle qu'elle résultait de la législation de l'an XII et particulièrement du décret du 18 mai 1806.

Chambre et Sénat furent encore d'accord pour concéder aux églises le service intérieur, mais c'est sur le service extérieur qu'apparurent les divergences d'opinion. En 1883 la Chambre l'avait attribué aux communes. En 1886 le Sénat l'avait partagé entre les communes et les églises, *au choix des familles*.

Les Rapports de 1900 et 1902 protestent contre le système du Sénat, disant: « Ce système n'est libéral qu'en
« apparence. Il constitue en réalité un privilège exor-
« bitant en faveur des fabriques et consistoires. Le ser-
« vice extérieur des inhumations est en effet un service
« public. Il doit se faire dans certaines conditions
« d'ordre, d'hygiène, de décence et de dignité. L'auto-
« rité civile a le droit et le devoir de régler ces condi-
« tions; elle a le droit et le devoir de se charger de
« ce service et de s'en charger seule... Au contraire,
« les fabriques et consistoires se chargeront d'organiser
« les cérémonies religieuses et d'en percevoir le prix... »
Et plus loin:

« Quoi de plus simple et de plus facile que de dis-
« tinguer entre un service public rempli par la com-
« mune pour tous, et les cérémonies religieuses diverses
« qui peuvent, à la volonté des familles accompagner
« l'accomplissement de ce service public! C'est ce que
« fait la proposition que nous vous soumettons: *elle*
« *assure aux communes la reprise et l'exercice d'un*
« *droit* qui leur appartient, et garantit en même temps
« à tous les cultes, la liberté absolue... »

« On dit, continue le Rapport, que les frais d'inhu-
« mations seront plus considérables pour les familles.
« Pourquoi? Les frais du service extérieur et les frais
« du service intérieur seront payés à deux caisses diffé-
« rentes; mais le total sera le même. »

Et c'est cette même idée qui dictait ces paroles de
M. Milliès Lacroix à la tribune du Sénat le 21 juin 1904.

« Il s'agit », disait-il « de séparer ce qui ne doit pas
être uni: le domaine civil et le domaine religieux. Il
s'agit de maintenir au domaine religieux, c'est-à-dire
aux fabriques, le service funèbre et le monopole
des fournitures dans les églises; et de *restituer au*
domaine civil, c'est-à-dire aux municipalités, ce qui
dans les funérailles lui appartient par définition et par
raison. »

Le privilège que l'on attribuera aux communes ne

sera donc pas un monopole nouveau, ce sera une partie de l'ancien monopole des fabriques, un monopole
découpé dans l'ancien monopole, mais de la même
nature juridique, de la même essence, une partie d'un
tout, en un mot, qui sera « restituée » aux communes.
« On paiera à deux caisses différentes, mais le *total sera*
« *le même.* »

Voilà qui est donc parfaitement entendu, la loi pro-
posée ne fera que transférer aux communes, laïciser
en un mot, une partie du Monopole exercé par les
églises, le service extérieur, et de plus, on ne se préoc-
cupera pas le moins du monde des conséquences financières pouvant en résulter pour les communes.

Dans l'étude détaillée et par articles de la discussion
à la Chambre et au Sénat, nous verrons si ces idées
fondamentales, génératrices de la loi nouvelle ont subi
quelques modifications. Nous verrons si le Parlement,
en abrogeant un monopole qui, disait-il, constituait une
atteinte à la liberté et engendrait des abus, a eu réellement l'intention comme certains cherchent à le soutenir
aujourd'hui de créer de toutes pièces un monopole nouveau et spécial, en lui attribuant des droits différents,
encore plus étendus sur certains points que ceux que
le législateur de l'an XII avait attribués aux fabriques
et aux consistoires tout au moins pour le service extérieur.

CHAPITRE III.

ETUDE DE L'ARTICLE 1er.

L'article premier définitivement voté par la Chambre, dans sa séance du 27 décembre 1904 est ainsi conçu:

Le droit attribué aux fabriques et consistoires de faire seuls toutes les fournitures quelconques nécessaires pour les enterrements et pour la pompe et la décence des funérailles, en ce qui concerne le service extérieur, cessera d'exister à dater de la promulgation de la présente loi.

A part le membre de phrase: *en ce qui concerne le service extérieur*, qui fut inséré seulement par la commission législative du Sénat dans son projet du 31 mai 1904 après le premier vote de la Chambre, le texte de cet article premier est exactement le même que celui qui fut voté au Sénat en 1885-1886 et à la Chambre des députés le 29 décembre 1903.

L'adjonction de ce membre de phrase ne modifie

d'ailleurs aucunement l'intention primitive du législateur sur cette question. Il était parfaitement admis et entendu que par sa nature même le *service intérieur* des pompes funèbres ne pouvait pas être enlevé aux fabriques et aux consistoires.

Si l'on rapproche cet article premier de l'art. 22 du décret organique du 23 prairial an XII, de cet article constitutif du monopole des églises, on y trouve une similitude d'expression, un air de famille frappant.

« Les fabriques des églises et les consistoires jouiront
« seuls du droit de fournir les voitures, tentures, orne-
« ments et de faire généralement toutes les fournitures
« quelconques nécessaires pour les enterrements et
« pour la décence ou la pompe des funérailles. »

Tel était le texte constitutif du monopole de Prairial.

Qu'enlève-t-on donc aujourd'hui aux églises ?

On leur enlève de ce même monopole absolu, complet, créé par le décret de prairial, « *toutes les fournitures quelconques* », on leur enlève, dis-je, tout ce que comprend le *service extérieur*?

Mais qu'est-ce donc que le *service extérieur*, tel que la loi et la jurisprudence l'avaient définitivement consacré? Car, ici, nous ne pouvons pas nous contenter du sens purement rationnel et grammatical des expressions employées, lorsque ces expressions ont leur origine dans une loi centenaire, et qu'elles y ont été cueillies, découpées, pour former une loi nouvelle.

Nous pouvons dire avec Gaubert (t. I, p. 210):

« Le *service extérieur* a pour objet le transport et la
« partie du convoi funèbre qui s'effectue à ciel ouvert
« sur la voie publique, c'est-à-dire sur le terrain exclu-
« sivement soumis à la police et surveillance immé-
« diate de l'autorité municipale. »

Car c'est précisément la même idée qui se trouve reproduite dans le Rapport que la commission du Sénat déposa le 31 mai 1904, exposant le motif qui l'ins- pirait dans son désir de voir attribuer ce service aux communes:

« Le service des convois et enterrements est, de ceux
« qui rentrent dans les attributions essentielles des
« municipalités... C'est le maire qui règle la police des
« convois funèbres, en vue d'en assurer le bon ordre,
« la sûreté et la salubrité, qui fixe l'heure et la marche
« du cortège depuis le domicile du défunt jusqu'au
« cimetière... En un mot les municipalités veillent sur
« la décence et le bon ordre des convois sur la voie
« publique ».

D'autre part le décret organique du 18 mai 1806 est le premier texte législatif qui établit cette distinction du service *extérieur* et du service *intérieur*. Dans le titre 2, il s'occupe du service intérieur des églises auquel il rattache toutes les fournitures relatives à la pompe des convois en général, et dans le titre 3 il s'occupe seulement du transport des corps ou service extérieur y compris l'inhumation.

Distinction importante par suite des conséquences que la Loi et l'Administration en tirèrent. — Sur le premier de ces services, les fabriques avaient le droit de prendre l'initiative du tarif, sauf à le communiquer pour avis seulement aux conseils municipaux. Sur le second, les rôles étaient intervertis, et bien que les fabriques en fussent bénéficiaires, c'était aux conseils municipaux qu'incombait *l'initiative* de l'élaboration du tarif, quitte à prendre *l'avis* des fabriques ou même à se concerter avec elles en certains cas.

Les textes administratifs, lettres, circulaires, décisions ministérielles sur cette distinction sont extrèmement nombreux. Nous nous bornerons à citer une décision du Ministre de l'Intérieur rapportée au Bulletin officiel année 1870, p. 73, n° 5. « Lorsqu'il s'agit du tarif « des opérations et fournitures à faire pour le service « extérieur, c'est-à-dire pour le transport des corps, « *l'initiative appartient au Conseil municipal et les fabri-* « *ques ont seulement un avis à émettre...* » et dans le

même Bulletin officiel année 1860 n° 61, on lisait: « Le
« tarif des fournitures nécessaires au service des morts
« dans l'intérieur des églises *doit être proposé par la*
« *fabrique et communiqué au conseil municipal* (V. au
surplus Gaubert, t. II, p. 154 et sq.)

En présence de cette législation, il était évidemment
d'un intérêt capital pour les fabriques comme pour les
communes de préciser quels étaient exactement les
objets, les fournitures comprises dans l'un ou dans
l'autre des services « intérieur » ou « extérieur », et
il est évident que cent années de pratique ont fourni
sur cette question une précision absolument mathéma-
thique qui sera aujourd'hui le plus sûr garant de l'exac-
titude de notre argumentation.

Gaubert t. II, p. 171 et sq. a fait ce travail, et nous ne
saurions faire mieux que de nous appuyer aujourd'hui
sur sa haute autorité. Les références qu'il indique, et
auxquelles nous renvoyons, fourniront d'ailleurs la
preuve la plus péremptoire de la vérité de nos affirmations.

S'appuyant sur le *décret du 18 mai 1806. titres 2 et 3*
Gaubert comprend tout naturellement dans le *service
intérieur* intitulé « service pour les morts dans les
églises » tout ce que mentionne l'art. 7, savoir:

« Les fabriques feront par elles-mêmes ou feront

« faire, par entreprise aux enchères, toutes les fourni-
« tures nécessaires au service des morts, dans l'inté-
« rieur de l'église et toutes celles qui sont relatives à
« la pompe des convois...

« Elles dresseront à cet effet des tarifs... Ils seront
« communiqués aux conseils municipaux et aux préfets
« pour y donner leur avis... »

Et, dans le *service extérieur* intitulé : « Du transport
des corps » se trouvent simplement compris le transport avec ou sans pompe, et l'inhumation (art. 9, 10,
11, 14 du même décret).

Commentant ce décret dans sa lettre du 8 février 1866
à l'évêque de Montpellier, le Ministre des Cultes écri-
vait : « Il appartient aux fabriques de dresser les tarifs
« pour toutes les fournitures qui sont relatives à la
« pompe des convois à l'exception toutefois des four-
« nitures nécessaires pour le transport des morts et
« l'inhumation qui sont régies par les articles 10, 11,
« 12 et 14 du même décret. Les fabriques ont donc le
« droit de comprendre dans leurs tarifs (service inté-
« rieur), les tentures de la maison mortuaire, les ten-
« tures extérieures de l'église, et les billets d'enterre-
« ment, que quelques décisions ont réunis arbitraire-
« ment au règlement du transport des corps sous le
« nom de service extérieur. »

Mêmes termes dans la lettre à l'évêque de Troyes, qui précise encore : « Les fabriques sont donc en droit de « comprendre dans leurs tarifs les tentures de la mai- « son mortuaire, les tentures extérieures de l'église, le « billets d'enterrement, que quelques décisions réunis- « sent arbitrairement au règlement du transport des « corps, sous le nom de service extérieur... »

S'appuyant sur ces principes solidement établis de par le texte même du décret organique du 18 mai 1806 et ces décisions administratives très claires et admises sans conteste, Gaubert nous fait une énumération com- plète des objets et fournitures compris dans chacun des deux services ainsi dénommés: « intérieur » et « extérieur .»

Au service intérieur (t. II, p. 183), il faut donc attri- buer : 1° Toutes les fournitures quelconques de l'inté- rieur de l'église : « *tapis, orgues, sonneries, catafalques,* « *tentures intérieures, etc;* 2° les articles relatifs à la « pompe des convois (maison mortuaire et portail de « l'église) : « *Tentures, ornements, tapis de table pour* « *la signature, écussons, chambre ou chapelles arden-* « *tes, lit de parade, tréteaux et accessoires, lettres et* « *billets de décès, décoration du portail de l'église ou* « *du temple.* »

Au service extérieur (t. II, p. 186), appartiennent :

1° le transport proprement dit comprenant ce que les

décrets du 18 août 1811 et du 4 novembre 1859, relatifs à la Ville de Paris appellent « *Service ordinaire* », à « savoir : la *bière* et le *transport du corps;*

2° Les accessoires de ce transport, *draperies des chars. cercueils, draps mortuaires, porteurs, valets de pied, ordonnateurs, poêles d'honneur, couvertures de tambour, trophées, voitures de deuil, luminaires, cires et flambeaux*, en un mot *tout ce qui fait partie du cortège* et concourt à en rehausser la pompe, notamment le *cheval de bataille* dont parlait récemment dans les débats de la Chambre certain honorable député;

3° Enfin les travaux d'inhumation et d'exhumation et toutes les fournitures qui s'y rattachent directement.

L'on ne peut donc pas soutenir que cette distinction de service intérieur et extérieur, avec les principes différents qui régissent ces deux catégories, soit une distinction de caprice purement hypothétique, sans base juridique solide, puisque ce sont des décisions ministérielles, des décrets-lois; des tarifs légaux, qui l'ont établie.

De plus, l'élaboration des tarifs par deux autorités distinctes, pour le service intérieur d'une part, pour le service extérieur d'autre part, avait amené à certains moments des difficultés par suite du défaut de concordance des deux séries de tarifs.

Les fabriques avaient parfois divisé en six classes le tarif pour le service extérieur, alors que les municipalités avaient admis seulement quatre classes pour le service extérieur.

Comment savoir dans ces conditions à quelle classe du service extérieur correspondait une classe demandée pour le service intérieur?

Grave source de conflits qui caractérise mieux encore l'importance de la distinction légale!

La lettre du Ministre des Cultes du 12 juillet 1853 au Préfet de la Seine-Inférieure, rapportée dans Gaubert, (t. II, p. 199), traite cette question ici sans intérêt au point de vue de la solution.

Nous sommes donc maintenant parfaitement édifiés sur les objets que la loi nouvelle enlève aux fabriques et aux consistoires d'après l'article 1er. Ce sont : Le *transport des corps, y compris l'inhumation* et naturellement tout ce qui peut s'y rattacher c'est-à-dire, en un mot, *tout ce qui, dans l'ancienne législation devait être tarifé sur l'initiative des seuls conseils municipaux*, avec ou sans l'avis des fabriques.

C'est donc là le critérium, la pierre de touche qui permettra aujourd'hui de distinguer par application de l'art. 1er de la loi nouvelle si telle ou telle fourniture appartient encore aux fabriques et aux consistoires.

C'était d'ailleurs la définition même qu'avait adoptée la Commission de la Chambre dans le 1er texte de la proposition de Loi déposée sur le bureau de la Chambre le 28 mai 1900 (Annexe n° 1658) où nous lisons sous l'article 5 :

« Le service extérieur......comprend...... 2° Les four-
« nitures quelconques nécessaires... et tous les objets,
« soit obligatoires, soit facultatifs, *tarifés au service*
« *extérieur.* »

Nous aurons à revenir sur cette doctrine dans l'interprétation des articles suivants.

CHAPITRE IV.

ETUDE DE L'ARTICLE 2

Première Section

L'article 2 de la loi du 28 décembre 1904, définit les attributions nouvelles des communes. Il débute ainsi:

Le service extérieur des pompes funèbres, comprenant exclusivement...

Nous entrons ici dans la partie la plus importante de notre Etude, dans l'examen des nouveaux droits des Communes, de leur objet, de leurs limites et de leur étendue

Nous venons de voir en détail ce que depuis près de cent ans, la loi, la doctrine, la jurisprudence ont entendu comprendre sous la dénomination de « service extérieur ». Avons-nous eu raison d'aller chercher là le sens de ces expressions de la loi nouvelle?

Les débats parlementaires nous répondent expressément et affirmativement par la bouche de M. Fleury-Ravarin (29 décembre 1903) :

« L'art. 2, dit l'honorable député, porte que le service
« extérieur appartient aux municipalités à titre de ser-
« vice public.

« Or, qu'est-ce que le « service extérieur ».

« Il suffit de rapprocher les art. 2 et 3 de la commis-
« sion pour induire de ce rapprochement que le ser-
« vice extérieur est tout ce qui n'est pas le service
« intérieur : c'est donc *tout ce qui, dans la législation*
« *actuelle, rentre dans le Monopole des fabriques.* »

Et plus loin : «... le service extérieur.

« Que signifie cette expression ?

« Présentez ce texte à une personne n'ayant aucune
« connaissance juridique, saisira-t-elle je vous le de-
« mande, le sens de cette expression ? *Il faut pour com-*
« *prendre connaître la législation actuelle; il faut se*
« *reporter aux textes antérieurs pour savoir ce que les*
« *mots « service extérieur » couvrent et cachent.* »

Voilà donc bien clairement établie, sans aucune contradiction de la part du Rapporteur, la démonstration
que nous venons de faire, voilà bien la pensée du législateur.

« Il faut se reporter aux textes antérieurs pour savoir
ce que les mots « service extérieur » couvrent et cachent ».

Comme nous venons précisément d'apprendre par l'Etude de l'art. 1er *le tout* dont jouissaient les fabriques et les consistoires, notre tâche se résume maintenant à préciser *la fraction* qui en appartient aujourd'hui aux communes.

Je dis « la fraction ».

Car la loi nouvelle n'a pas voulu accorder aux communes le « service extérieur » tel qu'il vient d'être défini, *dans son entier*. En effet à chaque pas de l'étude des débats parlementaires, nous trouvons dans les deux Chambres la déclaration formelle, *unanime*, de ce principe.

C'est d'abord la discussion de l'amendement proposé par M. Fleury-Ravarin, à cet article 2 (Chambre des députés, 29 décembre 1903), consistant à remplacer les mots « le service extérieur » par « le transport des corps. »

« J'accepte en principe, disait-il le système de la com-
« mission. Mais je crois que celle-ci a été beaucoup
« trop loin , et que si d'une main elle détruit le mono-
« pole religieux de la fabrique, de l'autre, dans l'art. 2,
« elle vous propose de reconstituer un nouveau mono-
« pole, un monopole communal et laïque ».

« On détruit le monopole des pompes funèbres en tant
qu'il appartient aux fabriques, pour le reconstituer

immédiatement au profit des communes. C'est à mon avis aller trop loin. Certes je crois qu'il faut faire la « part des communes, mais non une part aussi « grande...... ».

Aux objections de M. Fleury-Ravarin que répondit le Rapporteur de la loi? fut-il intransigeant? déclarat-il que le service extérieur tout entier, tel que les fabriques et consistoires en jouissaient, devait être en cet état transféré aux communes? bien mieux, que ce privilège devait même être accru?

Pas du tout. Sans aucune difficulté, le Rapporteur entre dans les vues de l'honorable député du Rhône. Comme lui, il estime que le monopole du service extérieur des fabriques est trop vaste, trop complet, qu'il n'y a pas lieu de transférer aux communes tout l'ensemble de ces privilèges. S'il ne le dit pas en termes explicites, c'est que l'honorable Rapporteur n'aime pas les définitions précises. Mais tel est du moins le sens évident, incontestable de ses paroles:

« *M. le Rapporteur*. — En ce qui me concerne per-
« sonnellement, j'estime comme M. Fleury-Ravarin,
« que quelques-unes des fournitures qui, actuellement
« du fait du monopole, appartiennent aux fabriques,
« pourraient appartenir à l'industrie privée. Il en est
« ainsi, par exemple, des billets d'enterrement... ».

Et le Rapporteur ajoute implicitement: Mais il est parfaitement superflu d'énumérer tout cela dans notre loi. Le monopole des fabriques pour le service extérieur était beaucoup trop complet, il faut le restreindre pour les communes, c'est entendu; mais n'entrons pas dans les détails, c'est inutile, car « le règlement d'adminis- « tration publique pourra pour certaines fournitures « donner satisfaction aux désirs de *beaucoup de nos* « *collègues*, dont j'entendais l'expression tout à « l'heure. »

Voilà donc bien l'esprit de la loi: restreindre l'ancien monopole. Voilà donc expressément défini par le légis- lateur lui-même le rôle et le devoir du Conseil d'Etat dans son élaboration du règlement d'administration publique: *Retrancher* de l'ancien monopole « certaines fournitures » mais assurément défense d'en introduire de nouvelles.

Et d'aucuns voudraient aujourd'hui voir le Conseil d'Etat, au mépris d'une interprétation si claire, sortir de son rôle, et violer la loi, en attribuant aux communes des droits non compris dans l'ancien monopole de prai- rial ?

Cette prétention ne nous paraît pas sérieuse.

Malgré les concessions du Rapporteur, la Chambre vota l'amendement Fleury-Ravarin, limitant ainsi au seul *transport des corps* tel qu'il existait dans l'ancien monopole, le privilège nouveau concédé aux communes.

« L'objet de mon amendement, dit M. Fleury-Ravarin,
« a été de limiter le service communal au transport des
« corps. Par cela même j'ai entendu exclure du service
« public que nous constituons tout ce qui est étranger à
« cet objet.

« La Chambre m'a donné raison par son vote en
« acceptant mon amendement. C'est à mon sens que tout
« ce qui ne rentre pas dans le transport des corps reste
« libre. »

C'était là un langage clair, précis et d'une logique incontestable. Mais la Chambre, quelques instants après, agissant sous une force impulsive, incompréhensible, et irraisonnée, déterminée par la crainte de ne pas voir aboutir une loi vivement désirée par la majorité, crainte provoquée d'ailleurs par une réflexion du Rapporteur quelque peu... méridionale, par son exagération, la Chambre déclara que l'*ensemble des fournitures funéraires*, en dehors du transport des corps concédé aux communes, « *n'appartiendraient pas à l'industrie privée !!!* » c'est-à-dire n'appartiendraient à personne !

« Si vous accordez ces fournitures à l'industrie privée » (c'est-à-dire si vous votez une deuxième fois ce que vous avez voté une première fois, si vous êtes logiques avec vous-mêmes) (1), s'était écrié M. le Rapporteur, « *la loi tombe !* »

Nous ne nous attarderons pas à discuter cette menace étrange, et nous ne chercherons pas à pénétrer le mystère insondable de l'intention des députés. Comme l'a dit M. Milliès-Lacroix au Sénat le 7 juillet 1904, « nous « craindrions d'y user en vain le peu d'intelligence que « nous possédons! »

Nous nous bornerons donc sur ce point à citer les paroles mêmes du Rapporteur au Sénat, dans la séance du 21 juin 1904, commentant ce vote de la Chambre: « de sorte qu'on se demande comment le service des « inhumations pourrait être organisé: les fabriques, les « communes, ni l'industrie privée n'ayant le droit de « faire les fournitures funéraires. »

« Après mûr examen, votre commission a été una- « nime à penser qu'il y avait lieu de remanier le texte « voté par la Chambre, et elle a pensé pour des motifs « que je développerai bientôt, qu'il était nécessaire de « remettre aux municipalités le service extérieur dans « son entier, mais en *définissant ce service et en pré-* « *cisant l'étendue du monopole attribué aux commu-* « *nes.* »

---

(1) M. le Sénateur Alfred Girard.

Et plus loin:

« Là où le service extérieur des pompes funèbres est
« fait par les fabriques, et où le monopole est exploité
« dans toute son étendue, la situation restera la même,
« sauf que le service passera des fabriques aux munici-
« palités. »

« ...Dans la pensée de la Commission, l'énumération
« des objets soumis au monopole est limitative et ex-
« clusive de tous ceux qui n'y sont pas compris. Nous
« demandons que les villes soient dotées du monopole
« du *transport des corps, corbillards, cercueils, tentu-*
« *res des maisons mortuaires, voitures de deuil,* ainsi
« que des *fournitures et du personnel nécessaires aux*
« *inhumations et crémations.* Hors de ces objets, les
« communes n'auront pas le droit que possèdent au-
« jourd'hui les fabriques ou leurs entrepreneurs de re-
« vendiquer les fournitures généralement quelconques,
« telles notamment que billets d'enterrement, couron-
« nes, fleurs, cierges, crêpes, etc..., etc... »

L'intention du Rapporteur, fidèlement reproduite
dans le texte définitivement voté par le Parlement, est
donc bien celle qu'indiquait M. Lerolle à la Chambre
dans la séance du 29 décembre 1903, de créer « un
« monopole nouveau *découpé* dans l'ancien monopole
« des fabriques ». Ce mot nous paraît si heureusement

choisi pour exprimer la pensée du législateur que nous n'hésitons pas à l'adopter.

C'est donc bien l'ancien monopole des fabriques que nous venons d'étudier avec l'art. 1er, mais restreint, émondé « découpé », que l'on a concédé aux communes. Nous allons voir ce que la loi y a retranché.

Lors de la discussion au Sénat, M. Alfred Girard, dans un remarquable discours reprit l'amendement Fleury-Ravarin, et demanda à la haute Assemblée de restreindre à ses plus étroites limites le monopole du service extérieur que l'on voulait concéder aux communes.

« Pourquoi ne pas rendre à la liberté du commerce
« ce qui doit normalement lui revenir. Accordez seu-
« lement aux communes ce qui, dans les funérailles,
« peut être considéré réellement comme un service pu-
« blic, mais rien de plus. »

Le Rapporteur ne partagea pas cet avis, et dans un discours fort complet prononcé à la tribune du Sénat le 7 juillet 1904, fit connaître l'opinion de la Commission sur la question qui nous occupe, à savoir les droits que la loi nouvelle allait conférer aux municipalités:

« Sur l'art. 2, dit-il, qui tend à attribuer aux com-
« munes le service et le monopole enlevés aux fabri-

« ques, nos honorables collègues ont déposé un amen-
« dement restreignant le service municipal des pompes
« funèbres au seul transport des corps, et restituant à
« l'industrie privée les fournitures funéraires de toute
« nature. »

« La proposition de loi, émanant de M. Rabier, avait
« pour objet de donner aux communes le service exté-
« rieur des pompes funèbres.

« En quoi consistait le service extérieur? Quelle en
« était la définition et l'étendue?

« La loi était muette sur ce point. A la vérité dans son
« rapport, l'honorable M. Rabier n'avait pas caché que
« le service extérieur des pompes funèbres attribué aux
« communes *aurait la même étendue que celui précé-*
« *demment exercé par les fabriques, et que le monopole*
« *s'appliquerait à peu près aux mêmes fournitures que*
« *le monopole des fabriques.* »

« J'ajoute, » continue M. Milliès-Lacroix, le 7 juillet 1904 « que le Monopole dont il s'agit aujourd'hui n'est
« pas le même que celui dont bénéficient les fabriques.

« Actuellement, sous l'empire du décret de prairial
« an XII, vous savez que les fabriques ont seules le
« droit exclusif de faire toutes les fournitures, tant pour
« les enterrements que pour les pompes et la décence
« des funérailles. En vertu des termes généraux de cette

« disposition de loi, la Cour de Cassation a maintes fois
« décidé que *toutes les fournitures, que tous les objets*
« *quels qu'ils fussent, étaient compris dans le monopole*
« *des fabriques...*

« En sera-t-il de même aujourd'hui? Pas du tout. Le
« monopole que nous avons institué au profit des com-
« munes *est strictement limité aux objets compris dans*
« *l'énumération de l'art. 2.*

« On nous a présenté quelques objections... M. Girard
« nous a dit : Votre énumération ne constitue pas une
« limitation absolue. Alors, sur les conseils qui nous
« ont été donnés par d'éminents jurisconsultes de cette
« Assemblée, nous avons voulu préciser davantage afin
« de ne laisser aucun doute sur la signification et la por-
« tée exacte de la loi. Nous avons remanié légèrement
« l'art. 2; nous avons *ajouté un mot* et une disposition
« qui ne laissent place à aucune équivoque. Nous avons
« dit que le service extérieur comprenant « *exclusive-*
« *ment* » le transport des corps, le corbillard, les ten-
« tures extérieures, etc., appartiendrait aux communes.
« Et plus loin, nous avons ajouté que *tous autres objets*
« *non compris dans cette énumération seraient exclus*
« *du monopole* et laissés au soin des familles. Il ne
« peut donc plus y avoir sur ce point de doute ni d'équi-
« voque...

«...Je répète qu'il ne peut désormais y avoir de doute:

« le monopole que nous instituons est absolument li-
« mité. »

Et quelques instants après M. Milliès-Lacroix donne
lecture au Sénat d'une lettre de M. le Préfet de la Seine
au Ministre de l'Intérieur, où nous relevons le passage
suivant:

« Le projet de loi » (voté par la Chambre « transport
des corps »), « n'ayant pas réservé aux municipalités les
« fournitures accessoires telles que cercueils, berlines
« ou landaus, décoration des maisons, etc..., ces fourni-
« tures deviendront libres et, par conséquent, seront ac-
« caparées par les agences de funérailles...

« Je crois donc devoir appeler votre attention sur
« l'utilité qu'il y aurait à ce que le Sénat, modifiant la
« loi actuellement soumise à ses délibérations, revienne
« au texte primitif proposé par M. Rabier et réserve aux
« municipalités seules, et à l'exclusion de tous autres
« intermédiaires, l'ensemble du service extérieur com-
« prenant le transport des corps, la décoration des mai-
« sons et la fourniture des cercueils *et de tous les acces-*
« *soires.* »

Les termes de cette lettre sont bien précis: Que
demande M. le Préfet? tout simplement le transfert aux

communes *de l'ancien monopole dans toute son inté-
gralité, mais rien de plus*. On n'a pas réservé aux
municipalités les fournitures accessoires!... ces fournitures *deviendront libres!*... elles seront *accaparées* par
les agences de funérailles!... il faut nous donner « l'ensemble du service extérieur! »

Voilà donc ce qu'il demandait: *uniquement des choses
faisant partie du monopole des fabriques. — Rien au
delà*. Nous avons vu que le législateur n'a pas accueilli
cette demande même dans ces limites. Cette constata-
tion est précieuse à retenir.

Et lorsque la loi revint en dernière discussion à la
Chambre avec les modifications du Sénat, les débats
parlementaires nous fournissent sur cette question
essentielle des renseignements d'une importance capi-
tale!

Comme nous l'avons indiqué plus haut à la date du
18 novembre 1904, c'est-à-dire 4 mois après le vote de
la loi au Sénat avec son contexte définitif, le Conseil
municipal de Paris, désireux de faire « une bonne
affaire » avec le monopole dont il allait être investi, et
estimant que les droits restreints que lui conférait le
législateur étaient plutôt maigres, avait émis le vœu:
« que le Parlement transfère à la Ville de Paris le mono-
« pole exclusif des *transports* par *corbillards, four-
« gons et berlines, les tentures extérieures* et *intérieures*

« *des maisons mortuaires, la fourniture des cercueils,*
« *mixtures et de leurs accessoires.* »

Ce vœu ne fut pas accueilli par le législateur. Dès les
premiers mots de M. Groussau qui en faisait part à la
Chambre, le Rapporteur protesta: « Vous ne soutenez
« pas la *prétention du Conseil municipal* j'imagine ? »

« *M. Groussau.* — Je ne soutiens pas en effet la préten-
« tion du Conseil municipal. »

Poursuivant sa discussion M. Groussau fit alors part
à la Chambre d'un rapport de M. Ranvier, conseiller
municipal de Paris, relatif à ce vœu:

« Il est indispensable, dit ce Rapport, que la totalité de
« ce service extérieur (transport des corps par fourgon
« ou corbillard y compris la fourniture des berlines,
« tentures extérieures et intérieures des maisons mor-
« tuaires, fourniture des cercueils et de leurs accessoi-
« res) soit confiée à la Ville de Paris.

« Si une partie de ces fournitures venait à lui échap-
« per et particulièrement les tentures intérieures des
« maisons mortuaires et les accessoires des cercueils, la
« Ville de Paris ne conserverait plus, pour ainsi dire,
« que les charges très lourdes du service extérieur et
« particulièrement le transport gratuit des indigents,
« la fourniture gratuite des bières et mixtures, sans

« trouver une compensation légitime et indispensable
« dans les recettes des autres parties du service exté-
« rieur.

« On ne saurait trop signaler la nécessité d'obtenir
« pour la Ville le monopole exclusif du transport des
« corps (par corbillard ou *fourgon). Ce dernier mode
« de transport échappe actuellement au monopole, les
« agences de funérailles l'assurent en concurrence avec
« l'administration des pompes funèbres*, et pourtant
« celle-ci, tout en n'exécutant que la moitié à peine des
« transports par fourgon, retire de cette fourniture une
« recette annuelle de 195.074 fr. qui se doublerait par le
« monopole municipal ».

Voilà la demande clairement formulée. Or, généralement on ne demande pas ce que l'on possède déjà. C'est
là le sens du mot demander (Littré dit: Demander =
exprimer à quelqu'un qu'on souhaite *obtenir quelque
chose de lui*).

La demande fut appuyée par le directeur des affaires
communales; et celui-ci sachant parfaitement combien
le Sénat était hostile à l'extension du monopole en
faveur des communes (les débats précités l'ont démontré à l'évidence même), et espérant que la Chambre
serait plus sensible aux doléances des communes et
notamment de la Ville de Paris, trouva un système fort
habile que voici:

Faire déclarer à la Chambre par voie d'*interprétation* sans rien changer aux termes de la loi, que le texte voté par le Sénat comprenait *tout ce que la Ville de Paris réclamait !*

C'était fort habile en effet, mais passablement « ficelle », et l'on pourrait croire que nous exagérons en dévoilant ce plan, si nous ne pouvions nous appuyer sur les propres termes de ce haut fonctionnaire, cités par M. Groussau dans la séance de la Chambre du 23 décembre 1904 et reproduits au *Journal officiel* du 24 décembre 1904:

« Je ne crois pas, disait-il, qu'il soit indispensable pour
« donner satisfaction à vos justes revendications, de mo-
« difier le projet de loi. *Les termes employés peuvent*
« *nous être favorables suivant l'interprétation qui leur*
« *sera donnée* et sur leur véritable sens, il plane un cer-
« tain doute, à raison de la confusion des idées échan-
« gées au cours de la discussion devant le Sénat. Il peut
« donc y avoir diverses interprétations. Comme il peut
« y avoir à cet égard une certaine ambiguïté, il est bon
« que l'attention du Ministre de l'Intérieur soit appelée
« afin de lui permettre de fixer les idées quand la dis-
« cussion viendra devant la Chambre ».

Et le commissaire du gouvernement répondit à M. Groussau:

« Non, le gouvernement n'a pas cru devoir accueillir
« le vœu du Conseil municipal de Paris; il estime d'ail-
« leurs *que le sens qu'on voudrait donner au texte de la*
« *loi n'est pas conforme du tout à l'esprit dans lequel*
« *le Sénat l'a voté. Il existe à ce sujet des déclarations*
« *très catégoriques du Rapporteur au Sénat. M. Mil-*
« *liès-Lacroix.* »

« On a voulu laisser aux familles le droit de s'adres-
« ser, si elles le désirent, à l'industrie privée pour tout
« ce qui concerne la décoration intérieure de la maison
« mortuaire; on a même aussi précisé au point de vue
« du cercueil que les garnitures, mixtures, sels antisep-
« tiques, etc., ne rentreraient pas dans le monopole. Sur
« ce point, aucun doute n'est possible. »

C'est donc parfaitement entendu: la seconde délibé-
ration à la Chambre et le vote définitif de la loi n'ont
rien changé à l'interprétation précédemment exposée
sur l'étendue du monopole conféré aux communes, telle
que l'avait indiqué le Sénat.

Faut-il ajouter un argument de plus?

C'est le Rapporteur même de la loi, M. Rabier, qui me
le fournit dans la réponse qu'il fit le 23 décembre 1904
à M. Groussau prétendant que cette loi allait causer du
préjudice à l'industrie privée.

« *Le but de notre loi* est au contraire, dit-il, *entre*

« autres réformes, de rendre à l'industrie privée ce qui
« ne lui appartient pas avec le monopole actuel. Par
« conséquent, ils n'ont pas lieu de se plaindre! (Très
« bien! très bien! à gauche.) »

Et M. Augagneur, maire de Lyon, si peu favorable
qu'il soit à l'égard de l'industrie privée, comme le
prouve la lettre qu'il écrivit à la Commission sénato-
riale, et qui fut lue à la tribune du Sénat par M. Milliès-
Lacroix, rapporteur, est obligé de convenir à la même
date du 23 décembre 1904:

« Pourquoi voulez-vous que les rapports entre les
« communes et l'industrie privée soien. différents de
« de ce que sont actuellement les rapports entre les fa-
« briques et l'industrie privée? Il n'y a pas de raison
« pour que la même situation ne subsiste pas. Que le
« monopole soit transféré des communes aux fabriques
« ou des fabriques aux communes, l'exploitation restera
« la même pour cette personne abstraite qui s'appelle
« soit la commune, soit la fabrique, et par conséquent
« l'industrie privée aura une situation exactement sem-
« blable.

« M. le Rapporteur. — Elle y gagnera plutôt. »

« M. Groussau. — La situation sera absolument chan-
« gée... »

« M. Paul Constans (Allier). — En mieux! »

Et quelques jours après, répondant à M. Lemire, et citant l'art. 22 du décret de prairial, constitutif du monopole des fabriques, le même Rapporteur disait encore:

« Par conséquent elles (les fabriques) ont le mono-
« pole *que nous restreignons, nous, en donnant à l'in-*
« *dustrie privée des choses qui aujourd'hui sont dans*
« *le monopole appartenant aux fabriques.* »

Après ces nombreuses déclarations, ces affirmations formelles et catégoriques des différents orateurs qui se sont succédé à la tribune, des Rapporteurs de la loi, du Commissaire du gouvernement, il nous semble que notre démonstration est faite, et que nous pouvons conclure sans craindre aucune contradiction paraphrasant le texte de l'art. 2.

Les communes auront le monopole du « service extérieur » *découpé* dans l'ancien Monopole des fabriques et consistoires, mais restreint, rigoureusement limité, *au fait* du transport simple des corps et *à la fourniture* des corbillards, tentures extérieures des maisons mortuaires, voitures de deuil.

C'était d'ailleurs bien l'idée de la Commission législative de la Chambre. Le projet de loi déposé le 28 mai 1900 porte en effet textuellement à l'art. 5. « Le service

« extérieur appartient aux municipalités... Il comprend:
« 1° Le transport des décédés...; 2° Les *fournitures* quel-
« conques nécessaires...; 3° Les *fournitures* des...;
« 4° Les *fournitures* des... »

Ces principes généraux posés sur la définition même
du service extérieur des pompes funèbres concédé aux
communes, entrons maintenant dans l'examen de détail
et voyons individuellement quels sont ces objets strictement limités qui font actuellement partie du nouveau
monopole municipal.

Deuxième Section

L'article 2 continue :

...le transport des corps,...

Peut-on faire rentrer sous cette rubrique, d'une façon
générale et illimitée, toutes les fournitures généralement quelconques, et tous les véhicules généralement
quelconques qui peuvent être employés à transporter
des corps en convoi ou hors convoi ?

Malgré l'énormité d'une telle hypothèse, si manifes-
tement contraire au texte de la loi, éclairé par les débats

dont nous venons de citer les points essentiels, certaines communes « aux dents longues » ont cherché à le soutenir.

Le législateur, disent-elles, en parlant du transport des corps sans entrer dans une classification spéciale, a voulu donner aux communes toutes les fournitures qui pouvaient y être relatives (corbillards, fourgons et berlines).

Il me semble que la simple lecture du texte même de la loi devrait suffire à écarter une telle interprétation. Le mot « fourniture » se trouve posé *après* les mots « transport des corps » et ne peut par conséquent pas s'y rattacher par un lien quelconque. Au surplus les explications que nous venons de donner sur les antécédents et la discussion de la loi pourraient suffire: il nous paraît superflu de nous répéter.

Toutefois comme cette prétention émane d'une personne de très haute importance et de très ancienne lignée, ayant à ses ordres les autorités les plus éclairées et les plus éminentes en matière juridique et administrative, nous ne pouvons faire fi de la discussion, car « à tout seigneur, tout honneur » même en temps de démocratie!

A cette prétention, je répondrai tout d'abord : Lisez donc, je vous prie, Messieurs de la Ville de Paris, le texte complet de l'art. 2, comme un texte de loi doit être lu, c'est-à-dire lentement, scandant chaque mot, et en pesant la valeur. De quoi va-t-on nous parler ? Réponse. — *Le service extérieur des pompes funèbres.*

Nous avons appris ce que l'on entendait par ce service extérieur : une pratique constante, et l'emploi centenaire de cette expression pour désigner un ensemble de choses parfaitement déterminées, une consécration également centenaire donnée à cette terminologie par les lois, les magistrats d'ordre administratif ou judiciaire, les auteurs et les jurisconsultes : n'y a-t-il pas là des éléments tout à fait décisifs et hors de toute controverse possible pour fixer le sens des mots? Mais bien plus, les mots « service extérieur » ne sont pas isolés, ils sont « conjoints » des *pompes funèbres*? Il ne s'agit donc pas ici, dans cet art. 2 d'un *transport funèbre* isolé, en dehors de toute pompe, de tout cérémonial de funérailles, non. Pas plus aujourd'hui que sous la législation de Prairial, ce genre de transport n'a fait partie de « *Pompes funèbres* » monopolisées. Il s'agit uniquement ici du « transport des corps dans la cérémonie même des funérailles », du transport solennel avec pompe!

Et cela est si vrai que sous l'ancien monopole des fabriques, sous ce monopole qui englobait tant de fournitures que l'énumération en était « *indéfinie* » suivant le qualificatif de MM. Milliès-Lacroix et Guiller (Sénat, 11 juillet 1904), alors même que les fabriques, comme l'insinue certain publiciste, jouissaient de la toute-puissance sur les décisions des magistrats de l'ordre administratif ou judiciaire, on lisait dans l'article 2 du cahier des charges de l'administration des pompes funèbres à Paris : « Si le transport a lieu de la maison mortuaire ou « de l'église à la barrière, *sans aucune cérémonie exté-* « *rieure*, et dans une voiture fermée, il peut être effec- « tué librement par les familles, qui ont la faculté de « faire usage du véhicule qui leur convient (1)... »

C'est l'opinion émise dans le Journal du Conseil des Fabriques, 1838-1840, p. 368 et 370, dans une consultation signée de très éminents avocats. C'est l'opinion de tous les auteurs qui ont traité cette matière (Gaubert, Gaudry, etc.). Enfin c'est l'opinion émise par la cour de Rouen, dans un arrêt récent du 22 mars 1899 confirmant un jugement du tribunal de Rouen. « Dit et juge égale- « ment qu'il est licite à Julienne, entrepreneur libre de « convois, lorsqu'il en est requis par les familles... « d'*effectuer des transports de corps extérieurs* à la suite « de décès, d'exhumation et en vue de réinhumation. » (1er Président Berchon.)

Et le 13 décembre 1899, le tribunal de Beauvais émettait également le même avis « attendu que le trans- « port des corps par fourgon ne peut pas être compris « au nombre des fournitures quelconques destinées

(1) Cahier des charges annexé au Décret du 4 Novembre 1859.

« à l'organisation d'un convoi funéraire; que ce
« transport du corps ne fait pas partie de la cérémonie
« d'un deuil; qu'il commence au contraire, au moment
« où la cérémonie se termine... »

Cette opinion était donc universellement admise, et
notamment à Paris, de tout temps, alors même que les
fabriques exerçaient jalousement à leur profit, par leur
mandataire l'Administration des pompes funèbres ou
autres, le Monopole de l'an XII. Jamais elles n'ont osé
prétendre que le transport des corps, en dehors de la
cérémonie du convoi funèbre, par fourgons, ber-
line, etc., faisait partie de leur monopole.

Et c'était également l'avis de la Commission législative de la Chambre, formellement exprimée dans le premier projet de loi déposé le 28 mai 1900. *(Journal officiel*
annexe n° 1658) : « Art. 6. — Sont exceptés du droit
« conféré aux municipalités par l'article précédent pour
« le transport des corps... 2° Le transport de décédés
« dont l'inhumation ou la crémation doit se faire dans
« une commune autre que celle où ont eu lieu le décès
« et le convoi et le service funèbre. »

Et ce premier projet de loi était cependant infiniment
plus favorable aux Communes que la loi définitivement
votée par le Sénat et sanctionnée par la Chambre.

Mais, diront nos contradicteurs, voilà un argument

qui se retourne contre vous, puisque le législateur n'a précisément pas inséré cette disposition dans la loi définitive!

Nous répondrons à cette objection, avec le Rapporteur de la loi lui-même (annexe n° 3045 du *Journal officiel*, 28 février 1902), qu'en supprimant cette disposition, la Commission a estimé seulement « que ces questions de- « vaient faire l'objet d'un nouveau décret (Règlement « d'Administration publique), plutôt que d'une dispo- « sition législative ». Ce n'est donc pas le moins du monde dans l'intention de les dénaturer ou de les contredire, que le législateur ne les a pas insérées.

Et d'ailleurs leur insertion était bien inutile en l'état de la jurisprudence.

Au surplus un motif juridique de la plus haute importance eût dû convaincre la Ville de Paris de l'inanité de sa prétention actuelle et lui éviter un échec certain. A Paris, en effet, le « *transport des corps* » se trouvait d'ores et déjà précisément un *service municipal*. Aucune loi proprement dite n'avait établi cette situation mais elle résultait de plusieurs décrets dont la légalité n'avait jamais été contestée et en outre d'un arrêt du Conseil d'Etat du 20 janvier 1899 qui déclare :

« Vu les décrets des 23 prairial an XII, 18 mai 1806, « 4 novembre 1859, 27 octobre 1875, vu la loi du 28 plu-

« viôse an VIII; — Considérant qu'en vertu des décrets sus-
« visés, le service des pompes funèbres à Paris se divise
« en *service ordinaire qui correspond au transport sim-*
« *ple des corps et qui n'est soumis qu'à la perception*
« *d'une taxe fixe* et en service extraordinaire qui cor-
« respond à la fourniture par les fabriques et consis-
« toires des objets divers constituant la pompe des
« funérailles; — Considérant que le décret du 4 no-
« vembre 1859 et l'article 10 du décret du 18 août 1811
« disposent que *la taxe fixe susmentionnée est versée*
« *dans la caisse municipale*, et que la Ville doit payer
« à l'entrepreneur (aux droits des fabriques), la somme
« nécessaire pour faire face aux dépenses du service
« ordinaire; qu'ainsi à Paris ce service a le caractère
« municipal. »

Commentant cette décision dans une note, Dalloz
(1900 3.65) nous dit :

« Aux termes de l'art. 11 du décret du 18 mai 1806,
le transport des morts, autre que celui des indigents, est
assujetti à une taxe fixe dont le tarif délibéré par le conseil municipal est approuvé par décret; cette taxe est
intitulée, *Droit de fabrique* lorsqu'elle est touchée par
la fabrique et *Taxe municipale* lorsque le service des
Pompes funèbres est exploité par la commune. Dans
la Ville de Paris, aux termes des décrets du 18 mai 1806

et du 4 novembre 1859, il existe un régime particulier; le transport des corps, sous le nom de service ordinaire, est un service municipal, alors que les fabriques ont conservé le monopole de toutes les autres parties du service; à l'époque où il existait un entrepreneur, celui-ci était donc entrepreneur de la ville pour le service ordinaire et entrepreneur des fabriques et consistoires pour le service extraordinaire ; lorsque les fabriques et consistoires ont été constitués en syndicat pour le service des Pompes funèbres, cette organisation nouvelle n'a modifié aucunement le décret du 4 novembre 1859 en ce qui concerne la distinction des deux services, de sorte que le conseil d'administration qui exploite et régit le monopole des Pompes funèbres exploite le service ordinaire, pour le compte de la ville, dans les mêmes conditions que l'entrepreneur auquel il a été substitué. Pour contester cette situation, *la ville,* dans sa défense au pourvoi, *a cherché à mettre en doute le caractère municipal du service ordinaire :* mais ce caractère lui a été attribué par des décrets dont la légalité n'est pas contestée; tant que ces décrets n'auront pas été abrogés, la ville ne peut refuser de les appliquer. »

Et aujourd'hui, alors précisément que la loi nouvelle en employant des mots d'un sens juridique connu et rigoureusement précis, a généralisé pour toutes les communes de France cette situation particulière de

Paris en « municipalisant » pour toute la France « le transport des corps », la ville de Paris voudrait prétendre que le législateur lui a *donné* davantage; que le « transport des corps » de la loi de 1904 n'est pas le même que ce que tout le monde, lois, décrets, doctrine, jurisprudence, projet de la même loi en 1900, avaient de tout temps ainsi dénommé! Mais il faudrait pour admettre une telle prétention un texte précis, une déclaration formelle.

Et au lieu de ce texte extensif, nous relevons précisément tout le contraire dans ce mot, qui précède dans l'art. 2 « le transport des corps », le mot « exclusivement » ce mot important dont le Rapporteur de la loi au Sénat nous disait le 7 juillet 1904: « Nous avons ajouté « un mot et une disposition qui ne laissent place à au-« cune équivoque. » Voilà le texte et voici la déclaration du législateur, et nous partageons son avis.

Aussi notre surprise est d'autant plus grande de voir la Ville de Paris, assistée de ses éminents conseils, soulever aujourd'hui une prétention abusive, illégale, choquante et ne reposant sur *Rien*. Et ne dites pas, Messieurs de la Ville, que dans mon système la loi ne vous accorde rien. Le décret précité du Conseil d'Etat du 20 janvier 1899 avait annulé une de vos délibérations qui réduisait à 3 fr. au lieu de 5 fr. la redevance que vous deviez verser aux fabriques et consistoires pour le « transport des corps », transport dont vous étiez inves-

tis, notamment de par ce décret du 4 novembre 1859.
Nous lisons en effet, à la page 5 de l'exemplaire
imprimé de ce décret (Bibliothèque de la Préfecture
de la Seine) : « Tout transport donne lieu au paiement
d'une taxe qui est versée dans la Caisse municipale pour
faire face aux dépenses du *service ordinaire*. Cette taxe,
portée à la suite de chaque classe de l'entreprise pour
une somme fixe est versée à la mairie. » Cette taxe
municipale variait de 6 fr. (minimum) à 40 fr. pour la
1re classe. Et la Ville de Paris en bénéficiait, sous la
seule réserve de verser aux fabriques et aux consistoires
la redevance précitée de 5 fr.

Par suite, Messieurs de la Ville, le compte de vos
bénéfices sur ce point, résultant de la loi nouvelle, est
facile à établir : c'est 5 fr. par corps transporté, mais
transporté en convoi dans les conditions antérieures
du monopole des fabriques, car dans tout autre transport hors convoi vous n'avez droit à rien. L'exemption
de ce droit de 5 fr., voilà le cadeau que vous fait le législateur, qui n'avait cure d'ailleurs de vous être agréable,
en poursuivant le vote de la loi, comme il l'a déclaré à
maintes reprises, et comme je l'ai surabondamment
démontré plus haut.

Soumettez-vous donc à la loi; prenez pour vous « le
transport des corps » dans le convoi, dans les *pompes
funèbres*, ce transport des corps que visaient et le tarif
annexé au décret de 1811 sous le § 1er Service ordinaire

et le tarif annexé au décret du 4 novembre 1859. Vous y gagnerez 5 francs par transport, c'est là tout ce qui vous appartient « *exclusivement* » pour le transport des corps de la loi de 1904. Le législateur l'a dit « *sans aucune équivoque.* »

Troisième Section

L'art. 2 continue l'énumération des nouveaux droits des communes.

...la fourniture des corbillards, cercueils, tentures extérieures des maisons mortuaires, les voitures de deuil...

Ici, nous l'avons dit, répété et surabondamment démontré, l'énumération du législateur est rigoureusement restrictive. Les communes pourront donc fournir, parmi les objets compris dans les § 2 et 3 des anciens tarifs dénommés § 2, Service extraordinaire et § 3 Objets facultatifs, les articles énumérés *limitativement* ci-après:

a) *Les corbillards*, mais les corbillards seuls: véhicules de forme tout à fait spéciale, parfaitement individualisés, et dont l'identité ne peut prêter à aucune équivoque.

Mais, dira-t-on, si l'on n'emploie pas de corbillard ? si le transport du corps en convoi se fait de toute autre manière; par fourgon, voiture de culture, à bras, etc... la Municipalité n'aura-t-elle pas le droit, par argument d'analogie, de percevoir un droit pour la fourniture de ce véhicule ou moyen de transport, qui remplace, en somme, le corbillard ici visé par la loi ?

Sans la moindre hésitation nous répondrons négativement, et cela pour les motifs suivants :

1° Nous sommes ici en matière exceptionnelle. Le droit commun, c'est la liberté absolue du commerce, et de toutes fournitures commerciales — Or, *Exceptio est strictissimæ interpretationis*. Par conséquent, du moment que le législateur a concédé la fourniture du corbillard, que le mot corbillard s'applique à une voiture d'une forme bien spéciale, tout à fait individualisée, on ne saurait aller au delà, et interpréter ce qui n'est pas interprétable.

2° Les débats parlementaires, les déclarations très précises au Sénat du Rapporteur de la Loi, l'insistance avec laquelle il a appuyé sur le mot « exclusivement » pour limiter strictement les fournitures monopolisées au profit des communes, imposent dans le cas présent une interprétation encore plus restrictive.

Je conclus donc, parfaitement convaincu que la jurisprudence future me donnera pleinement raison si cette question vient à être soulevée, que tout véhicule ou autre matériel de transport des corps même en convoi, même dans la cérémonie funèbre à l'exception du seul « Corbillard » bien connu de tous, échappe au monopole municipal et par suite appartient à l'industrie privée en conformité du § 3 de l'art. 2 de la Loi que nous étudions.

b) *Les cercueils*, c'est-à-dire les bières de luxe, mais les cercueils seuls, à l'exclusion de tous les accessoires du cercueil.

« Un de mes collègues » disait le 11 juillet 1904 le Rapporteur de la loi au Sénat, « m'a posé une autre « question. *Le suaire, la garniture intérieure du cer-* « *cueil* font-ils partie des fournitures comprises dans le « monopole municipal? Je n'hésite pas à répondre « catégoriquement: non. Ce sont des objets d'un « ordre trop intime; ils sont laissés aux soins des « familles. »

Voilà qui est fort clair. Par conséquent *tout ce qui fait partie de la garniture intérieure du cercueil, suaire, mixture antiseptique, etc.*, toutes ces fournitures quelconques qui ne sont pas le cercueil proprement dit, tout cela n'est pas moponolisé en faveur des communes et appartient à l'industrie privée. Le Rapporteur de la loi l'a déclaré le 11 juillet 1904 à la tribune du Sénat;

et le 24 décembre 1904 le Commissaire du gouvernement l'a encore proclamé à la tribune de la Chambre en combattant le vœu de la Ville de Paris. « On a même aussi « précisé au point de vue du cercueil que les *garnitu-* « *res, mixtures, sels antiseptiques,* etc... ne rentre- « raient pas dans le monopole. *Sur ce point, aucun* « *doute n'est possible.* »

« *Et cœtera...* », c'est-à-dire que les *ornements, pla-* *ques gravées,* en un mot *toutes les garnitures exté-* *rieures généralement quelconques* du cercueil, ne font également pas partie du nouveau monopole municipal.

Cette interprétation nous paraît d'ailleurs évidente, même en l'absence des paroles précitées, car on ne comprendrait vraiment pas en quoi de telles fournitures pourraient rentrer dans les attributions d'un « *ser-* « *vice public* » municipal.

Une autre difficulté pourrait encore être soulevée par quelques communes en cette matière : la garniture de zinc, de plomb ou autre métal de l'intérieur du cercueil sera-t-elle comprise dans le monopole municipal ?

Nous pensons que cette question doit-être résolue par la négative en vertu des principes déjà maintes fois développés dans cette étude, savoir : 1° que le législateur a formellement déclaré que l'interprétation très limitée essentiellement restrictive était ici de rigueur; 2° et surtout que la loi nouvelle n'a entendu conférer aux

Communes qu'un monopole restreint « *découpé* » dans l'ancien monopole des fabriques et des consistoires, et ne pouvant par suite comprendre des fournitures qui se trouvaient mêmes exclues de cet ancien monopole complet... indéfini.

Or, tel était bien le cas de la garniture précitée, puisque la Cour de cassation dans un arrêt récent du 5 juillet 1904 (D.P. 1904. 1. 579) avait déclaré que cette garniture ne faisait pas partie du monopole des fabriques et consistoires.

Et les motifs indiqués par ces décisions de justice doivent *a fortiori* aujourd'hui recevoir leur application:

Le Tribunal de Carcassonne (2 juillet 1902) avait dit: « ...en principe tout monopole est l'exception, la liberté du commerce et de l'industrie étant la règle... » et plus loin : « On ne saurait admettre que le législateur ait « voulu enlever à des parents désolés le droit de capi- « tonner, de leurs mains ou avec l'aide d'un ami, le cer- « cueil destiné au corps de leur enfant, ou encore celui « de leur permettre de le faire doubler par une per- « sonne de leur choix avec des lames d'un métal quel- « conque....» alors surtout que le monopole de prairial ne s'appliquait qu'aux fournitures *nécessaires*.

Et le conseiller rapporteur à la Cour de Cassation terminait son rapport par ces mots: « Comment admettre, en effet, qu'une famille qui voudrait, comme le faisaient

les Egyptiens orner de peintures le cercueil de l'être
bien-aimé qu'elle vient de perdre, serait obligée de faire
appel à l'intermédiaire de l'entrepreneur des pompes
funèbres, alors surtout qu'elle désirerait recourir au
talent d'un peintre qui pourrait se refuser de traiter avec
cet entrepreneur ? Faudrait-il dans ce cas, priver la
famille de la douce satisfaction de remplir un devoir
de piété, par respect pour un droit qui, dans l'espèce,
serait en opposition avec les sentiments les plus pro-
fonds et les plus respectables du cœur humain ? ».
(Monsieur le Conseiller Marignan.)

Il faut donc nécessairement conclure aujourd'hui que
le *cercueil nu*, seul, fait partie du monopole municipal,
mais à l'exclusion de toutes garnitures ou accessoires
quels qu'ils soient.

c) *Les tentures extérieures* des maisons mortuaires,
y compris *le drap mortuaire*, c'est-à-dire « les seules
« tentures pendues sur la façade des maisons » et « la
« draperie qui couvre le cercueil ». (M. Milliès-Lacroix,
Rapporteur au Sénat, 11 juillet 1904.)

Par conséquent, comme l'a déclaré le même Rapporteur dans la même séance, répondant à M. Fortier:

« Les *couronnes* pas plus que les *billets d'enterre-
« ment, cierges, gants et autres objets*, ne sont pas com-
« pris dans ce monopole. »

« De plus, il est inadmissible que le monopole s'exerce
« dans le domicile privé qui est sacré. Donc pour la *cha-*
« *pelle ardente établie dans la chambre mortuaire*, et
« de même pour la *chapelle ardente à l'entrée de la*
« *maison*, nous déclarons qu'elles ne sont pas comprises
« dans le monopole que nous voulons attribuer aux
« communes. »

d) *Les voitures de deuil*, voilà la seconde et dernière
catégorie de *voitures* faisant partie du convoi funèbre,
qui soit monopolisée aujourd'hui en faveur des communes.

Mais, nous dira-t-on, qu'est-ce qu'une voiture de
deuil ? — Ce sont ces voitures tout à fait spéciales, destinées exclusivement à ce genre de service, et aux enterrements des premières classes, noires, recouvertes de
drap noir, forme landau, portant le chiffre ou les armes
du défunt, qui suivent le convoi funèbre, en font partie,
en rehaussent la pompe, et sont gracieusement mises par
la famille à la disposition des personnes qui ont accom-
pagné le défunt jusqu'à sa dernière demeure.

Mais peut-on aujourd'hui, comme sous la législation
de prairial, prétendre que sous cette rubrique on doit
également comprendre toutes les sortes de véhicules,
même les plus modestes, qui feraient partie du convoi
funèbre pour le service des invités: fiacres, voitures or-
dinaires et particulières, omnibus, automobiles, etc...

Evidemment les municipalités, et particulièrement la Ville de Paris, chercheront à le soutenir. Mais leur prétention devra être repoussée, entre autres motifs, par les considérations suivantes:

1° D'abord et surtout l'examen comparatif des textes mêmes des lois de prairial an XII et de décembre 1904 sur ce point nous édifie complètement. La première disait, art. 22: Les fabriques... jouiront seules du droit de fournir *les voitures*, tentures, etc... La deuxième dit, art. 2: Le service extérieur des pompes funèbres comprenant exclusivement... les *voitures de deuil*...

2° Le projet de loi déposé le 28 mai 1900, projet dont les modifications n'ont eu pour effet que de restreindre les droits des communes, disposait déjà, article 11. — ... restent du domaine de l'industrie privée...: 3° *Les voitures de suite autres que les voitures de deuil.*

3° Et aujourd'hui, le législateur nous l'a dit, répété, avec l'assentiment unanime du Parlement tout entier, une *interprétation rigoureusement restrictive s'impose pour les fournitures concédées aux communes!* alors que, tout au contraire, sous la législation de prairial, l'interprétation était extensive, illimitée, « indéfinie » comme le disait au Sénat M. Milliès-Lacroix.

C'est donc avec attention, après mûr examen et réflexion, que le législateur de 1904 a employé ici une expression tout à fait différente de celle de l'art. 22 de prairial: et dans ces conditions, avec cette différence caractéristique des deux textes, et la volonté solennellement proclamée par ce même législateur d'une étroite limitation des fournitures concédées aux communes, nous sommes obligés de conclure que toutes les voitures de suite: les fiacres, les voitures particulières ne présentant par leur configuration extérieure aucune analogie avec ces somptueuses voitures de deuil si connues à Paris, les omnibus, les automobiles, et autres véhicules variés, se trouvent aujourd'hui restitués au commerce libre, alors *même qu'ils feraient partie du convoi funèbre.*

Et faut-il appuyer mon affirmation par un texte juridique? Un jugement récent du tribunal de commerce de la Seine, confirmé par adoption de motifs par la première chambre de la Cour d'Appel de Paris le 1er avril 1896 nous fournira la preuve de l'absolue distinction prérappelée, et du sens exact à attribuer aux voitures de deuil (D. P. 1897. 2. 338).

« Attendu que la Cour de Cassation a décidé dans ses arrêts des 23 novembre 1877 et 24 mars 1881 que toute voiture de suite, spécialement commandée avant un enterrement, comme fourniture complémentaire, tombe sous le coup de l'art. 22 du décret de prairial qui désigne nominativement *les voitures*, et que le mono-

pole du service appartient aux fabriques et consistoires,
subsidiairement aux communes, mais en aucune cir-
constance au domaine public; — qu'il ressort clairement du rapprochement des textes et de la jurisprudence sus-rappelés que la commande, par la personne
qui règle les funérailles, *de voitures dites omnibus*,
uniquement destinées à transporter les personnes qui
suivent le convoi *d'une classe qui ne comporte pas de
voitures de deuil* ou n'en comporte qu'un nombre insuffisant, ne saurait être faite qu'à l'administration des
pompes funèbres ou à son substitué autorisé, et ce, *en
raison du monopole concédé...* »

Et plus loin:

« Attendu qu'aux termes des conventions, qu'il est
sans intérêt de rappeler ici, l'administration des pompes funèbres a le 29 avril 1891, concédé sous réserve de
l'approbation préfectorale, au sieur Auvray, aux droits
duquel est aujourd'hui Lejeau, la création et l'exploitation d'un service de voitures omnibus pouvant faire suite
aux convois funèbres et uniquement destinées aux personnes qui suivent ces convois, soit *que la classe ne
comporte pas de voitures de deuil*, soit qu'elle n'en
comporte qu'un nombre insuffisant. »

Est-ce clair? La voiture de deuil n'est-elle pas là parfaitement individualisée, définie, dans le sens même

que nous avions indiqué, n'est-ce pas cette voiture somptueuse destinée à rehausser solennellement les funérailles des riches de la terre? Et la monopolisation de cette fourniture n'implique-t-elle pas une sorte d'impôt sur le revenu de ceux qui possèdent beaucoup? n'est-ce pas là une monopolisation démocratique?

Quelle que soit la gourmandise de la Ville de Paris, ici encore elle sera bien forcée, par l'évidence même de ces textes, éclairés par l'intention hautement proclamée du législateur, et la jurisprudence de la Cour de Paris, de s'incliner, et de renoncer à une prétention excessive.

Par conséquent aujourd'hui, nous pouvons conclure, sans craindre de nous voir démentis par la jurisprudence future, que *toutes voitures de suite, fiacres, landaus, coupés, automobiles, omnibus, chars, etc., etc...* requis par les invités ou même commandés par la famille, faisant partie ou non du convoi funèbre, échappent au Monopole concédé aux communes à la seule exception de ces somptueuses voitures de deuil qui rehaussent la pompe des seuls enterrements de luxe.

Quatrième Section

Cette énumération limitativement faite des fournitures concédées aux communes, monopolisées en leur faveur, (en ce qui concerne le convoi proprement dit) le législateur ajoute, dans l'art. 2;

...ainsi que les fournitures et le personnel nécessaires aux inhumations, exhumations et crémations,...

Certains esprits quelque peu subtils et... retors, habiles à faire dire aux lois ce qui n'a jamais pu entrer dans l'intention du législateur, auraient peut-être pu venir prétendre en s'appuyant sur ce membre de phrase de l'art. 2 « ainsi que les fournitures et le personnel néces- « saire aux inhumations... » que ce texte implique la cession aux communes de *toutes les fournitures qui faisaient partie du monopole des fabriques*, car les termes employés par le législateur sont exactement les mêmes que ceux de l'art. 22 de la loi de prairial.

A cette objection, heureusement soulevée dans les débats au Sénat par MM. Girard et Guillier, le Rapporteur de la loi répondit, le 11 juillet 1904, et précisa le sens exact de ces expressions:

« Il s'agit là des *inhumations* et non pas des *convois*, « ce qui est tout à fait différent.

« Le convoi funèbre a lieu sur la voie publique, et « l'inhumation au cimetière. Le matériel nécessaire à « cette dernière cérémonie, c'est-à-dire les *outils pour*

« *creuser la fosse et enfouir la bière*, c'est naturelle-
« ment aux municipalités qu'il appartient de le four-
« nir. Aucune autre fourniture ne les concerne. »

Et plus loin:

« Je le répète, il ne peut y avoir d'équivoque, je me
« suis expliqué assez clairement : les fournitures dont il
« s'agit ne sont pas les « fournitures généralement quel-
« conques » dont parle le décret de prairial an XII et
« qui s'appliquent aux convois. Elles sont spéciales,
« uniquement spéciales aux opérations des inhuma-
« tions, exhumations dans l'enceinte des cimetières. »

Pas de controverse possible, par conséquent sur l'interprétation de ce passage, et aucune confusion possible entre les objets relatifs aux convois et ces travaux
au cimetière ainsi que les fournitures qui y sont *exclusivement* et *spécialement* relatives, fournitures et travaux concédés aux communes.

Inutile d'insister sur cette question.

Cinquième Section

L'art. 2 continue, disant que tout ce qui vient d'être
énoncé.

...appartient aux communes, à titre de service public.

A la lecture de ces mots, on pourrait croire que le
« service public » qui lui est attribué impose à la commune l'*obligation* d'exercer le monopole des pompes
funèbres que l'art. 1er a enlevé aux fabriques, et dans
les limites que nous venons d'indiquer.

Il semble que telle a été l'intention primitive du législa-
lateur dans l'élaboration de la loi nouvelle, mais les
débats parlementaires, et les objections des « amis »
des communes l'ont fait reculer dans cette voie, et il a
été décidé qu'il n'y aurait pas pour les communes plus
d'obligation sur ce point qu'il n'y en avait pour les
fabriques et les consistoires sous la législation de prairial.

Le Rapporteur de la loi au Sénat l'a formellement
déclaré le 21 juin 1904 dans les termes suivants: « On
« semble croire que la loi revêt un caractère impératif,
« qu'il sera obligatoire pour toutes les communes de
« France, d'organiser un service de pompes funèbres
« et d'exercer le Monopole dans toute son étendue.
« C'est là une grave erreur. Non seulement cela n'a pas
« été dit dans la loi, mais encore cela n'a jamais été
« dans la pensée des auteurs de la loi, encore moins de
« la Commission qui en a délibéré. Non, la loi n'a pas
« un caractère impératif; et les communes pourront,

« de même que les fabriques le peuvent aujourd'hui,
« organiser le service comme elles l'entendront et dans
« la mesure qu'elles jugeront convenable... Les con-
« seils municipaux pourront organiser le service dans
« la limite qu'ils croiront nécessaire et exercer le Mono-
« pole dans la limite où ce sera possible, *soit en*
« *réduisant le service au transport des corps*, soit en
« réclamant la fourniture des objets énumérés dans la
« loi. »

La commune est donc libre! Il y a toutefois une
limite à sa liberté, limite qu'elle ne peut franchir, obligation spéciale qui lui incombe, à un autre titre d'ailleurs et à laquelle elle ne saurait se soustraire, tandis
que les fabriques et les consistoires avaient le droit absolu de s'en affranchir. La loi municipale du 5 avril 1884
définit ainsi cette obligation, à titre de mesure sanitaire,
de police (art. 97, 4°).

« La police municipale comprend... 4° le mode de
« transport des personnes décédées, les *inhumations et*
« *exhumations...* »

La commune ne pouvait donc pas, même sous la législation de prairial, se soustraire à l'obligation de *transporter* et *d'inhumer* les corps des personnes décédées,
mais transport simple « sans pompe » tel que le compor-
tait le « service ordinaire » du tarif annexé au décret

tait le « service ordinaire » des tarifs annexés au décret du 18 août 1811 et au décret du 4 novembre 1859 lorsque les fabriques ne le faisaient pas.

Le législateur avait évidemment en vue cette obligation municipale de la loi de 1884 quand il a qualifié le le service ici concédé de « service public » terme tout à fait impropre aujourd'hui, car un service public est, de par sa définition même, un *service obligatoire* et, nous le répétons, la seule partie obligatoire du service actuel des pompes funèbres dévolu aux communes résulte de l'application de la loi municipale art, 97, 4° et nullement de la loi nouvelle. C'est donc à tort que le premier rapport de M. Rabier présenté à la Chambre des députés en 1894, disait :

« *Le service extérieur des inhumations* est en effet
« un service public. Il doit se faire dans certaines con-
« ditions d'ordre, de décence, de dignité. L'autorité ci-
« vile a le droit et le devoir de régler ces conditions.
« *Elle a le droit et le devoir de se charger de ce service,*
« de s'en charger seule. »

Dans le texte définitif, on a conservé cette qualification de *service public,* tout en en détruisant les effets par les déclarations précitées faites à la tribune du Sénat sur le droit réservé aux communes de ne pas remplir ce service public. C'est illogique, c'est contraire aux principes mêmes du droit, mais le législateur échappe à la critique par l'omni-science dont l'investit le suffrage universel.

Il reste d'ailleurs parfaitement entendu comme le déclarait le commissaire du gouvernement à la Chambre des Députés le 27 décembre 1904, que le caractère de *service public* ne saurait avoir pour effet de modifier les règles de compétence dans les contestations qui pourraient survenir entre les municipalités, les familles et les tiers.

Sixième Section

Le surplus de l'art. 2, malgré sa longueur, ne nécessite pas grand commentaire.

Celles-ci peuvent assurer ce service, soit directement, soit par entreprise, en se conformant aux lois et règlements sur les marchés de gré à gré et adjudications en matière de travaux publics.

De par la loi, les Communes ont donc deux moyens à leur disposition pour retirer les profits à naître du service extérieur qui leur est concédé. Elles peuvent l'exploiter elles-mêmes en régie directe — ou bien elles peuvent le concéder à un entrepreneur au moyen d'adjudications ou de marchés de gré à gré.

Ce dernier mode d'exploitation devra être évidemment préférablement employé comme de nature à écarter une grande partie des inconvénients de la régie directe, dans les *monopoles municipaux.*

Quant aux formes de ces adjudications et de ces marchés, le législateur renvoie par analogie aux formes requises en matière de travaux publics : à savoir les adjudications doivent être approuvées par le préfet dans tous les cas, et les marchés de gré à gré doivent être approuvés soit par le Préfet, soit par le chef de l'Etat suivant que les revenus des communes intéressées n'atteignent pas ou dépassent trois millions de revenus.

Les fournitures et travaux mentionnés ci-dessus donnent lieu à la perception de taxes dont les tarifs sont votés par les conseils municipaux et approuvés par le préfet ou par décret s'il s'agit d'une ville ayant plus de trois millions de revenus. Dans ces tarifs aucune surtaxe ne peut être exigée pour les présentations et stations à l'église ou au temple.

Rien de nouveau en cette matière, c'est l'application du droit commun administratif.

Les Conseils municipaux ont donc l'initiative complète et absolue du tarif qu'ils établiront à leur gré, tant au point de vue du nombre des classes, qu'au point de vue des chiffres. Sur ces points leur liberté est complète. Toutefois leur décision est soumise à l'approbation de l'autorité supérieure, approbation indispensable pour donner au tarif voté par la Commune une existence légale.

Ce sera là le frein modérateur des exigences municipales, car il est à craindre que les sages recommandations du Ministre de l'Intérieur dans sa circulaire récente du 25 février 1905, ne trouvent qu'un faible écho dans certaines municipalités:

« Dans l'établissement de ces tarifs dit-il, les municipalités ne devront pas perdre de vue que la pensée des auteurs de la loi a été, avant tout, d'assurer la liberté des funérailles. Si elles peuvent légitimement demander aux taxes nouvelles les ressources nécessaires pour subvenir aux frais du service et à l'entretien des cimetières, ce serait au contraire s'écarter des véritables préoccupations du législateur que de rechercher, en outre, dans l'élévation des tarifs un moyen d'accroître les ressources des budgets en vue des dépenses générales de la Commune. Bien que la loi ne fixe point de limite à cet égard, les municipalités comprendront qu'il ne conviendrait pas, sous couvert de taxes d'inhumation, de spéculer sur le sentiment qui porte les familles à honorer leurs membres décédés et d'établir en quelque sorte un impôt sur les morts. »

La dernière phrase de ce paragraphe de la loi, a été insérée sur la demande de l'opposition dans la crainte que certaines municipalités sectaires ne frappent d'un impôt spécial les enterrements religieux : le texte suffît à l'interprétation.

Tous objets non compris dans l'énumération ci-dessus sont laissés aux soins des familles.

Ce dernier paragraphe corrobore nos démonstrations précédentes sur l'absolue nécessité d'une interprétation essentiellement restrictive à l'égard des fournitures qui doivent faire partie du monopole municipal.

Le matériel fourni par les communes devra être constitué en vue aussi bien d'obsèques religieuses de tout culte que d'obsèques dépourvues de tout caractère confessionnel.

Le service est gratuit pour les indigents.

Les fabriques, consistoires ou autres établissements

religieux ne peuvent devenir entrepreneurs du service extérieur.

Comme le déclarait le 27 décembre 1904 à la chambre le commissaire du Gouvernement : « Les fabriques sont « des établissements publics à capacité limitée ; lors-« qu'elles avaient le monopole, elles pouvaient l'exercer « elles-mêmes ou traiter avec un concessionnaire. On « demande que les fabriques, lorsque les communes « mettront leurs services en adjudication, puissent se « présenter comme adjudicataires, c'est-à-dire puissent « faire acte de commerce.

« Ce serait absolument étranger à leurs attributions : « ce serait la violation des règles de notre droit public. »

Et plus loin, le même orateur ajoute que si cette disposition a été insérée dans la loi : « Cette « précision a pour but d'éviter toute confusion possible. »

Voilà donc qui est parfaitement entendu, les fabriques ne pourront pas se mettre sur les rangs et être adjudicataires, entrepreneurs du service extérieur.

Mais peut-on aller au delà de ce texte de loi, éclairé par la discussion du 27 décembre 1904 précitée, et dire comme le prétend le ministre de l'intérieur dans sa circulaire du 25 février 1905. « Sous l'empire des décrets « de l'an XII et de 1806 les fabriques pouvaient céder

« aux Communes l'exercice de leur monopole : la loi du
« 28 décembre 1904 n'admet pas qu'à l'inverse les Com-
« munes, pour l'exercice de leur privilège, se substi-
« tuent les établissements ecclésiastiques... »

La loi ne parle que *d'entreprise, adjudication, marché
de gré à gré*, soumis à l'approbation de l'autorité
supérieure. Mais quid ? si la commune n'exerce pas son
monopole, si par suite de cette *abstention pure et
simple*, les fabriques exercent en fait le service extérieur
abandonné, ou cédé *tacitement* par la commune : agi-
ront-elles en violation de la loi ? Je ne le crois pas, car
aucun texte ne le leur défend.

Elles n'ont plus le *monopole* (art. 1er) c'est entendu !
Elles ne peuvent passer avec les communes de traités
réguliers soumis à l'approbation supérieure : l'art. 2 § 6
nous le dit ! — Mais là s'arrête la défense du législateur, et je suis obligé de conclure que la circulaire du
25 février dernier commet sur ce point une erreur juridique, une exagération. Il est possible que la pensée
intime du législateur, tout au moins des rapporteurs
de la loi, ait été de défendre aux fabriques cette jouis-
sance *de fait ;* mais cette pensée n'a été formulée dans
aucun article de la loi : et les termes clairs et précis de
cette loi ne peuvent donner prise sur ce point à aucune
équivoque.

Nous insistons : Aucun doute ne nous paraît possible sur ce point.

Dans les localités où les familles pourvoient directement ou par les soins de sociétés charitables laïques, en vertu d'anciennes coutumes. au transport ou à l'enterrement de leurs morts, les mêmes usages pourront 'être maintenus avec l'autorisation du conseil municipal et sous la surveillance du maire.

Ce texte n'appelle aucun commentaire, mais il sera peut-être la source de regrettables conflits du fait de cette *autorisation et surveillance de la municipalité.*

A quoi sert le pouvoir dans certaines communes, sinon pour faire de l'arbitraire ? — Le célèbre maire de la Mure M. Chion Ducollet me permettra bien de m'appuyer sur le souvenir de ses mémorables exploits à cette occasion !

CHAPITRE V.

ETUDE DE L'ARTICLE 3

L'article 3 est ainsi conçu:

Les fabriques et consistoires conservent le droit exclusif de fournir les objets destinés au service des funérailles dans les édifices religieux et à la décoration intérieure et extérieure de ces édifices.

Le service attribué aux fabriques est gratuit pour les indigents.

Le rapport primitif de M. Rabier disait même en propres termes : « Les fabriques et les consistoires pourront fournir les emblèmes religieux pour le cortège : ils seront là dans leur rôle. »

M. Gayraud, le 29 décembre 1903 demanda au rapporteur d'insérer cette disposition dans la loi. Celui-ci s'y refusa, sans renier son opinion primitive, mais se contentant d'objecter que le règlement d'administration publique y pourvoirait, et qu'en tout cas « il n'y aurait pas de conflits en la nature ».

Le § 4 de l'article 2, introduit par la commission du Sénat en juin 1904, et définitivement voté, donne d'ailleurs sur ce point satisfaction tout au moins partielle à M. Gayraud.

Quelle est donc l'étendue des droits ici concédés aux églises ? — Le législateur a-t-il voulu leur conserver tout ce qui faisait partie du « *Service intérieur* », c'est-à-dire tout ce qui, dans la législation de Prairial était tarifé sur l'initiative des Fabriques elles-mêmes ?

Nous avons vu au chapitre III, quels étaient les objets compris dans ce service intérieur, de par la jurisprudence et les textes législatifs et administratifs. Aujourd'hui, par suite des débats de la Chambre, nous devons reconnaître qu'une notable partie de ces fournitures a été restituée à l'Industrie privée, notamment les billets de décès, le tapis de table pour la signature, en un mot, toutes les fournitures relatives à la maison mortuaire.

Incontestablement les Fabriques auront le droit de les fournir, mais elles n'auront pas sur ce point de *monopole*.

Leur monopole actuel se trouve donc étroitement et expressément limité à toutes les fournitures de l'intérieur de l'Eglise, et à la décoration intérieure et extérieure de

ces édifices. — Draperies, tapis, orgues, sonneries, catafalques, fauteuils, chaises, lustres, chantres, ornements
de l'autel, appariteurs, cierges, etc...

Dans cet ordre d'idées, toutes les fournitures appartiennent encore actuellement au monopole des Eglises :
et elles devront se conformer pour l'élaboration du tarif
de ces fournitures à leurs règles anciennes, non abrogées sur ce point, et toujours en vigueur, en vertu de
l'art. 5 de la présente loi. Le silence du législateur en
ce qui concerne l'élaboration des tarifs de ces fournitures impose cette interprétation.

CHAPITRE VI.

ARTICLES 4, 5, 6

L'art. 4 n'appelle aucun commentaire spécial. La simple lecture en est suffisamment et complètement instructive. Il s'agit là de simples dispositions transitoires.

Dans les localités où le monopole des pompes funèbres s'exerce par les entrepreneurs, les traités réguliers existant entre les fabriques ou consistoires et ces entrepreneurs, au moment de la promulgation de la présente loi, seront maintenus jusqu'à leur expiration, sauf réserves contraires; mais, en ce cas, le bénéfice résultant du service extérieur sera versé par l'entrepreneur dans la caisse municipale.

Les tarifs et règlements existants continueront à être appliqués jusqu'à ce qu'ils aient été modifiés dans les formes légales.

Si le matériel à l'usage du service extérieur appartient aux fabriques et consistoires, ces établissements

seront tenus d'en faire la remise aux communes, lesquelles seront également tenues de le reprendre pour
sa valeur estimative.

Les conventions amiables qui seraient conclues
entre les intéressés par application de la disposition
qui précède, seront soumises à l'approbation du préfet.
A défaut d'accord, il sera statué par le conseil de préfecture.

L'art. 5 comporte simplement l'abrogation de l'ancienne législation contraire à la loi nouvelle :

Sont abrogées, en ce qu'elles ont de contraire à la
présente loi, les dispositions des lois et décrets
sur l'organisation des pompes funèbres et notamment des décrets des 28 prairial an XII, 18 mai 1806,
18 août 1811.

Est aussi abrogée la disposition de l'article 37 du décret du 30 décembre 1809 qui met l'entretien des cimetières à la charge des fabriques.

Il faut en conclure que toute la partie de l'ancienne
législation qui n'a rien de contraire aux dispositions

précitées subsiste aujourd'hui. Le législateur a tenu à l'affirmer *expressément*, afin d'éviter toute incertitude.

Il doit donc en être ainsi notamment de l'élaboration du tarif des fournitures du service intérieur, dont le monopole n'a pas cessé d'appartenir aux fabriques et aux consistoires.

L'art. 6 est aujourd'hui sans intérêt :

La présente loi n'entrera en vigueur qu'à partir du 1er janvier de l'année qui suivra sa promulgation.

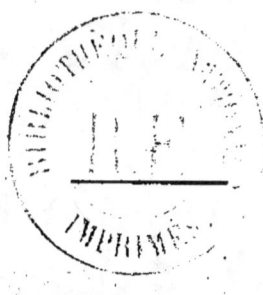

CHAPITRE VII.

ETUDE DE L'ARTICLE 7

L'article 7 est ainsi conçu :

Un règlement d'administration publique déterminera les conditions dans lesquelles la présente loi sera appliquée.

Nous voilà arrivés au grand cheval de bataille de M. le rapporteur de la loi à la Chambre. A toutes les questions que lui posaient les députés des différents partis politiques sur l'interprétation à donner au texte proposé par la commission, M. Rabier répondait : « Le « règlement d'administration publique y pourvoira. » Ce règlement est ainsi devenu une véritable Providence, d'où son importance, amoindrie toutefois par les heureuses explications fournies au Sénat par M. Milliès-Lacroix. Les modifications introduites par la haute assemblée dans le texte voté par la Chambre en 1903, et les débats parlementaires survenus en suite de ces modifications précisant de nombreux points de l'obscur texte primitif.

Le rôle du chef de l'Etat se trouvera ainsi un peu

mieux défini, un peu plus... légal et constitutionnel, et le rébus proposé par le pouvoir législatif un peu moins difficile à déchiffrer pour lui.

Quels sont donc les rôles du chef de l'Etat et du Conseil d'Etat dans le cas présent? Le Président de la République pourrait-il signer un règlement tel que les principes ci-dessus exposés, notamment que les fournitures ci-dessus indiquées comme devant, de par la loi, être seules comprises dans le monopole des communes, se trouvent plus ou moins augmentées! Le Conseil d'Etat pourrait-il lui faire dire notamment que les *fourgons*, les *mixtures*, etc... font partie du monopole communal? Et si le chef de l'Etat mettait sa signature au bas d'un décret ainsi formulé, ce décret, ce règlement d'administration publique serait-il valable ?

Sans hésiter, et sans nous permettre de préjuger ce que pourrait faire le Conseil d'Etat, nous répondrons hardiment *non*. Un tel décret n'obligerait pas les tribunaux : bien mieux, les tribunaux seraient obligés de le déclarer sans valeur en vertu du principe élémentaire de notre droit constitutionnel de la *séparation des pouvoirs*.

Au pouvoir législatif seul appartient le droit de *faire la loi, de limiter sa portée, son étendue*. Et ce droit, étant incessible, ne peut, même avec la volonté du législateur être dévolu au Pouvoir exécutif.

C'est dans l'article 3 de la loi constitutionnelle du 25 février 1875 que le Président de la République puise le droit de signer un règlement d'administration publique. « Il surveille et assure *l'exécution des lois*. » — Mais il ne peut en cette matière se passer du concours du Conseil d'Etat que lui impose l'article 8 de la loi du 26 mai 1872 portant réorganisation du Conseil d'Etat. « Le Conseil d'Etat est appelé nécessairement à donner « son avis sur les règlements d'administration publi-« que. »

Par suite, agissant uniquement dans le but d'assurer l'exécution de la loi, le chef de l'Etat ne peut que se conformer *très strictement à la plus étroite interprétation de la loi*, telle que le législateur lui-même l'a engendrée. Et toute disposition qui ne rentrerait pas dans ce cadre bien défini, violant la délégation, le mandat, donné par le législateur, serait dépourvue de toute autorité législative. Tous les intéressés auxquels on voudrait faire application d'un tel règlement auraient la faculté d'en contester la légalité devant les tribunaux compétents (Laferrière, *Traité de la juridiction administrative et du recours contentieux*, t. II, p. 11. — Cons. d'Etat, 13 mai 1872 — Tribunal des conflits, 11 janvier 1873, Cons. d'Etat, 6 janvier 1888).

Et les tribunaux civils *de tous les degrés* déclarent tous les jours de tels règlements nuls et de nul effet. Je ne citerai sur ce point qu'un jugement tout récent

(18 juillet 1904) du Tribunal de paix de Reims présidé par M. Le Noir de Tourteauville :

« Attendu qu'il est de principe constant aussi bien que de doctrine et de jurisprudence, que le chef de l'Etat de même que le préfet ou le maire, ne peut se mouvoir que dans le cercle des attributions qui lui sont conférées par une disposition formelle de loi, sans qu'il puisse y déroger, ni la modifier de quelque manière que ce soit, et notamment l'étendre à des cas non prévus par le législateur (Laferrière op. cit. t. I, p. 434 et 435; Le Noir de Tourteauville, *De la Protection de la santé publique*, nos 1059, 1060, 1099, 1100, 1129 et sq. — Cass. 13 décembre 1851 — Cass. 11 janvier 1879 — Cass. 23 octobre 1886 — Cass. 1er mars 1905).

Voilà le principe mis en action par la jurisprudence.

J'ajoute que le Conseil d'Etat compte parmi ses membres trop d'éminents jurisconsultes, et a une trop grande conscience de sa haute mission pour jamais s'en départir. Malheureusement, l'élaboration des lois dans les cuisines parlementaires se fait avec un si faible souci des règles fondamentales de la science juridique et de l'harmonie d'ensemble de notre législation, que la tâche du Conseil d'Etat est le plus souvent extrêmement difficile : Vainement il cherche dans le texte voté la pensée du législateur : à peine croit-il la trouver à un moment des débats parlementaires que les débats suivants, les amendements, les adoptions et les rejets souvent dictés par l'unique souci de la réelection, bouleversent tout le système, et que le monument final, bizarre, incohérent, fait pour satisfaire au goût de tous n'appartient à aucun style, ayant en lui tous les styles. Au Conseil d'Etat la tâche de déchiffrer le rébus!

Tant que les Chambres *feront* les lois au lieu de les *voter* purement et simplement, il en sera malheureusement de même.

Heureusement, dans le cas présent, grâce surtout aux explications bien précises, claires et complètes fournies au Sénat par M. Milliès-Lacroix et les autres orateurs qui se sont succédé à la tribune de la haute assemblée, grâce aux déclarations un peu tardives, mais néanmoins bienvenues, faites en seconde lecture seulement par le rapporteur à la Chambre, et aux explications provoquées par maint honorable député, la loi du 28 décembre 1904 ne prête à aucune équivoque dans son sens, sa portée et ses limites.

CONCLUSION

Telle est l'œuvre dernière du législateur de 1904. Loin de moi la pensée de la trouver parfaite. Toute loi qui porte atteinte à la liberté individuelle de l'homme ici-bas en dehors des mesures de police, de sécurité, de santé publique rigoureusement nécessaires, ne peut prétendre à la perfection. Et n'est-ce pas le cas de tous les monopoles légaux, même *municipaux* !

Il est toujours profondément regrettable, dans un pays qui affiche au frontispice de tous ses monuments, le nom de « Liberté » comme le fondement, la pierre angulaire de toute sa législation, de voir le législateur lui-même se laisser entraîner à ne pas conformer ses actes à ses principes.

Dans le cas qui nous occupe, il est incontestable qu'une réforme s'imposait — mais quelle nécessité y avait-il de changer seulement pour partie la personne du Privilégié, au lieu de supprimer purement et simplement le Privilège! De tous les côtés du Parlement, les voix les plus diverses comme opinions politiques se

sont levées en faveur de la Liberté : Grâce à ces orateurs, le monopole municipal a été sensiblement restreint. Mais tel qu'il est, il est encore vexatoire pour les
citoyens, et demain, il est à craindre qu'il ne devienne
une source d'abus graves dans certaines communes,
et ne provoque des divisions et même des désordres !

En Angleterre, le vrai pays de la vraie liberté, le monopole n'existe pas : « c'est l'initiative privée qui sous
« le contrôle de l'autorité, traite des funérailles, c'est
« l'undertaker ou l'entrepreneur qui fournit tout ce
« qu'il faut pour être enterré décemment. Ce sont des
« entreprises privées, mais l'Angleterre est un pays de
« liberté... »

Et poursuivant sa démonstration, M. Lepelletier appelle l'attention du Parlement sur les immenses services que rendent aux familles dans les circonstances
les plus douloureuses, les agences de funérailles qui
« ont épargné à ces familles les discussions pénibles
« et les marchandages indécents qui se produisaient
« jadis lorsqu'il s'agissait de commander et d'ordonner
« des obsèques. Les personnes éplorées qui viennent
« de perdre un membre de leur famille ont maintenant
« un représentant qui défend leurs intérêts, et leur
« épargne des dérangements, comme les personnes en-
« gagées dans un procès recourent souvent à un man-
« dataire qui se charge de toutes les formalités néces-
« saires devant les tribunaux ».

Pourquoi donc, avec de tels éléments à sa disposition, éléments qu'il eût suffi à la rigueur de réglementer sur certains points, de soumettre à une sorte de contrôle, le législateur s'est-il laissé entraîner à chercher une solution municipale à un problème d'ordre privé, dont les mœurs actuelles, avec le profond respect que nous avons pour la mort, rendaient la solution si facile !

Nous ne chercherons pas à pénétrer son secret dessein. — Peu importe d'ailleurs, la Loi est faite; promulguée, appliquée : *et c'est la Loi* ! Inclinons-nous devant elle et attendons l'épreuve du temps pour l'apprécier mieux encore dans ses effets et ses résultats.

TABLE DES MATIÈRES

avec le texte complet de la Loi du 28 Décembre 1904

PAGES

INTRODUCTION. — Quelques mots sur les monopoles..　3

CHAPITRE Ier. — Considérations générales sur l'ancien monopole des pompes funèbres....　11

CHAPITRE II. — Esprit général de la loi nouvelle, intitulée :

    Loi portant abrogation des Lois conférant aux fabriques des Eglises et aux Consistoires le monopole des inhumations. . . . .　17

CHAPITRE III. — Etude de l'article 1er.

    ART. 1. — **Le droit attribué aux fabriques et consistoires de faire seuls toutes les fournitures quelconques nécessaires pour les enterrements et pour la pompe et la décence des funérailles, en ce qui concerne le service extérieur, cessera d'exister à dater de la promulgation de la présente loi** . . . .　29

CHAPITRE IV. — Etude de l'article 2.

(1re Section). ART. 2. — **Le service extérieur des pompes funèbres, comprenant exclusivement**　39

(2e Section).   **le transport des corps,** . . .　58

(3e Section).   **la fourniture des corbillards, cercueils, tentures extérieures des maisons mortuaires, les voitures de deuil,**　68

(4e Section).   **ainsi que les fournitures et le personnel nécessaires aux inhumations, exhumations et crémations,** . . . . .　79

CHAPITRE IV. — Etude de l'article 2 *(suite).*

PAGES

(5ᵉ Section).

appartient aux communes, à titre de service public.   80

(6ᵉ Section).

Celles-ci peuvent assurer ce service, soit directement, soit par entreprise, en se conformant aux lois et règlements sur les marchés de gré à gré et adjudications en matière de travaux publics.   84

Les fournitures et travaux mentionnés ci-dessus donnent lieu à la perception de taxes dont les tarifs, sont votés par les conseils municipaux et approuvés par le préfet ou par décret s'il s'agit d'une ville ayant plus de trois millions de revenus. Dans ces tarifs aucune surtaxe ne peut être exigée pour les présentations et stations à l'église ou au temple.   85

Tous objets non compris dans l'énumération ci-dessus sont laissés aux soins des familles.

Le matériel fourni par les communes devra être constitué en vue aussi bien d'obsèques religieuses de tout culte que d'obsèques dépourvues de tout caractère confessionnel.

Le service est gratuit pour les indigents.

Les fabriques, consistoires ou autres établissements religieux ne peuvent devenir entrepreneurs du service extérieur   87

Dans les localités où les familles pourvoient directement ou par les soins de sociétés charitables laïques, en vertu d'anciennes coutumes, au transport ou à l'enterrement de leurs morts, les mêmes usages pourront être maintenus avec l'autorisation du Conseil municipal et sous la surveillance du maire. .   90

CHAPITRE V. — Etude de l'article 3.   PAGES

ART. 3. — Les fabriques et consistoires conservent le droit exclusif de fournir les objets destinés au service des funérailles dans les édifices religieux et à la décoration intérieure et extérieure de ces édifices.

Le service attribué aux fabriques est gratuit pour les indigents.   91

CHAPITRE VI. — Articles suivants :

ART. 4. — Dans les localités où le monopole des pompes funèbres s'exerce par les entrepreneurs, les traités réguliers existant entre les fabriques ou consistoires et ces entrepreneurs, au moment de la promulgation de la présente loi, seront maintenus jusqu'à leur expiration, sauf réserves contraires; mais, en ce cas, le bénéfice résultant du service extérieur sera versé par l'entrepreneur dans la caisse municipale.

Les tarifs et règlements existants continueront à être appliqués jusqu'à ce qu'ils aient été modifiés dans les formes légales.

Si le matériel à l'usage du service extérieur appartient aux fabriques et consistoires, ces établissements seront tenus d'en faire la remise aux communes, lesquelles seront également tenues de le reprendre pour sa valeur estimative.

Les conventions amiables qui seraient conclues entre les intéressés par application de la disposition qui précède, seront soumises à l'approbation du préfet. A défaut d'accord, il sera statué par le conseil de préfecture.   95-96

CHAPITRE VI. — Articles suivants : *(suite)*   PAGES

ART. 5. — Sont abrogées, en ce qu'elles ont de contraire à la présente loi, les dispositions des lois et décrets sur l'organisation des pompes funèbres et notamment des décrets des 28 prairial an **XII**, 18 mai 1808, 18 Août 1811.

Est aussi abrogée la disposition de l'article 37 du décret du 30 décembre 1809 qui met l'entretien des cimetières à la charge des fabriques.

ART. 6. — La présente loi n'entrera en vigueur qu'à partir du 1ʳ janvier de l'année qui suivra sa promulgation.   97

CHAPITRE VII. — Etude de l'article 7.

ART. 7. — Un règlement d'administration publique déterminera les conditions dans lesquelles la présente loi sera appliquée.   99

ART. 8. — La présente loi est applicable à l'Algérie.

CONCLUSION   105

Imp. Baudu, 69, fg St-Martin

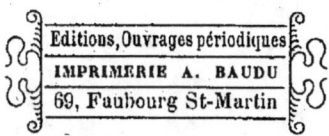

Editions, Ouvrages périodiques
IMPRIMERIE A. BAUDU
69, Faubourg St-Martin